·正青春阅读文丛·

心灵地图

秘密的青春王国

《读者》（校园
编辑部◎编

甘肃文化出版社

图书在版编目（CIP）数据

秘密的青春王国 / 《读者》（校园版）编辑部编. -- 兰州 ：甘肃文化出版社，2022.11（2024.8 重印）
ISBN 978-7-5490-2548-0

Ⅰ. ①秘… Ⅱ. ①读… Ⅲ. ①散文集－中国－当代 Ⅳ. ① I267

中国版本图书馆CIP数据核字(2022)第151481号

秘密的青春王国

MIMI DE QINGCHUN WANGGUO

《读者》(校园版)编辑部 | 编

总 策 划 | 宁 恢
策划编辑 | 王 萌 杨 洁 周广挥
责任编辑 | 何荣昌 贾 莉
装帧设计 | VIOLET

出版发行 | 甘肃文化出版社
网 址 | http://www.gswenhua.cn
投稿邮箱 | gswenhuapress@163.com
地 址 | 兰州市城关区曹家巷 1 号 | 730030（邮编）

营销中心 | 贾 莉 王 俊
电 话 | 0931-2131306

印 刷 | 河北浩润印刷有限公司
开 本 | 880 毫米 ×1230 毫米 1/32
字 数 | 200 千
印 张 | 7.75
插 页 | 4
版 次 | 2022 年 11 月第 1 版
印 次 | 2024 年 8 月第 6 次
书 号 | ISBN 978-7-5490-2548-0
定 价 | 38.00 元

目 录

我爱我现在的状态，
希望你也是。

他的心恰似一座花园

明前茶

这是需要雕刻的最后一个字了，是小男孩最喜欢的“春”字。照例，他要把已经雕刻好的小木块一一放进挖槽中，用木栓子拴紧。小男孩再一次打磨他的美工刀，将“春”字刻成阳文反字，并将四角的木头都修掉，让这个字从柔软的木纹中凸显出来。

小男孩蹲下来，以目光丈量每一个阳文反字的上缘。看上去很齐，他满意地长出一口气，开始在阳文反字上刷墨，将一张绵纸覆盖在这些古老的木活字上，用沾了少许白蜡的鬃毛刷，轻压轻刷绵纸的背面，不到两分钟，揭开绵纸，就可以看到小男孩连上四节活字印刷体验课的成果——纸上显现的是一首勾画匀整的五言绝句，小男孩刻了一首王维的《鸟鸣涧》。

接着，他把木栓子拆掉，将这些充盈着倔强与气力的小小活字，从挖槽中释放出来。他一手攥着一个“春”字，要考考我：“王维的诗中，有‘春’字的还有哪些?”我慌忙在记忆的版图中搜寻，小男孩看我窘迫起来，笑了，开始背《辋川别业》给我听，还说：“我二年级的时候，特别喜欢‘雨中草色绿堪染，水上桃花红欲燃’这两句，可是过了两年喜欢‘披衣倒屣且相见，相欢语笑衡门前’了，阿姨，你说奇怪不奇怪？”

小男孩穿着斜襟中式衣裳，头发被妈妈用推子推得溜光，很像电影里的功夫小子。暑假里爸爸每天带他来上班。爸爸是书画院的行政人员，大部分时间无暇照管他，好在领导照顾，给小男孩特批了两项福利：允许他去上书画院暑期的公益课程，还给他安排了一个小小的“工作室”——在木楼梯的下方放了一张大茶几。

小男孩向我展示他的砚台，展示书画家送给他的徽墨，展示他替奶奶卷的艾灸条，展示他觉得应该带到外太空给外星人欣赏的“最美的木活字”。他说：“我不喜欢动画里的二次元世界，唐诗才是我最喜欢的二次元世界，每次，只要扑通一声跳进唐诗的世界，就觉得浑身上下被洗得清爽极了。”

说到这里，他饱满的小脸忽然垮了下来：“我爸说，我是一个穿越来的古人。他好像对我很担心……”

我忽然想起小男孩的爸爸曾悄悄咨询大家：“各位老师，给我出出主意，怎样让我们家这孩子活得像一个‘10后’？我给他买盲盒，买游戏手柄，买轮滑鞋，买羽毛球，大部分都被他送人了。我把娃养成这样，究竟对不对？”

这世间的孩子，哪能像农作物一样，到了时辰就长成一样高，呈现出整齐划一的丰收姿态？这个小男孩，他的精神世界已经暗自长成了一座美丽的花园，草木葳蕤，万物竞生。某些时刻，那种无来由的欢欣与忧伤，沁润过王维的心，千年后，也会静悄悄地感染他。

比别人更敏感、更敏锐，不见得是一件需要检讨的事，它暗含艺术的、人文的滋养，像一场从天而降的露水——只会让花园所有的植物更加生机勃勃，根深叶茂。

那些害怕被温柔对待的人

Snow

“金花”这个人名，在我上初中时就大名鼎鼎，如雷贯耳。

传说她每次考试都是年级第一，只要年级第二和她的差距没到20分，她就会惩罚自己一个星期不吃午饭。

其实这是个误会，她平时也不吃午饭，应该是为了省钱吧。我常常看到老师们下课后把她喊到一边，悄悄地把自己的饭票塞到她手里。

每当开年级表彰大会时，校长的开场白往往都是：“金花，人如其名，是我们学校的一朵金花，金光闪闪，像花一样绽开。”台下便响起热烈的掌声。

那时候，我坐在台下，是个典型的“学渣”。

只见一个又高又瘦、面色黝黑的女生，自信地走上领奖台，一条又黑又长的马尾在脑袋后面不知疲倦地左右摇摆，整个人透着一股傲气。

那时候我以为，“学渣”和“学霸”之间天然隔着银河，在单调且枯燥的学生生涯中，几乎不可能产生交集。没想到的是，后来我们竟然去了同一所高中，被分到同一个班级并成为同桌。

“她应该是中考太紧张，发挥失常了吧。”这是当时我能想到的唯一原因。

和学霸成为同桌的最大感受是，我更加深刻地明白距离产生美。

我原以为学霸是那种自带光环、整天被一群人簇拥着请教问题的人。

但我的同桌是个例外，她喜欢独来独往，别人成群结队地去食堂吃饭，她总要等食堂的队伍减半再独自过去。你叫她，她总会不冷不热地回应一句“你先去吧”，便低下头不再说话。

偶尔有人想走近向她请教问题，一见她眉头紧锁，不愿被打扰的神情，那人便退缩着回去了。

有一次，我请了半天假落了课，想借她的笔记，我鼓起勇气想要制造一些眼神交会的机会。终于对上了眼神，我刚想开口，她就闪躲着转过头去，像是在说“你不要和我说话”。

我话到嘴边又咽了回去，心想“这人也太高傲了，有什么了不起的”，然后高高昂起头，转身向后座的同学借了笔记。

奇怪，她形单影只，我却感受不到她的孤独，或许是因为她喜欢享受这种孤傲的状态吧。直到有一次，我回到教室，刚想坐下，发现地上有一沓厚厚的便利贴，是她平时经常用来写东西的那本，我顺手捡起来，无意中发现有一页用加粗的黑色字体写着一句话：“好羡慕她们成天疯疯癫癫地在一起啊。”

我忽然觉得有点心酸。

那是我第一次感受到她的温度，我还以为她是一个没有情感的机器人呢。

事后，我决定主动向她示好，挑战一下她的孤傲。

下课后，为了和她一起吃饭，我特意留下来等她，主动和她分享自己的零食，高频地向她请教数学题，以此拉近彼此的距离。

出乎意料的是，她都没有拒绝，而且这些“示好”都奏效了。

渐渐地，我对她的了解越来越多。

原来她来这所高中并不是因为中考发挥失常，而是因为这所学校承诺减免她的全部学费并给予她额外的生活补贴。原来她 6 岁以后就没见过母亲，从小和父亲生活在一起。

有一年冬天，第一场雪下得比往年都要早，气温骤降，寒潮袭来，我们一群住校生猝不及防，纷纷打电话让家人尽快送被子过来。

我们都盖上了厚厚的棉被时，她的床上还只有一条单薄的秋被，我说服她和我挤在同一张床上，将就着度过了几个晚上。

有一天中午，一个体型瘦小、佝偻着背的老人背着一个鼓鼓囊囊的行军袋四处询问，被别的班同学领到我们宿舍门口。那个同学喊道：“金花，你爷爷找你。”

我抬起头，注意到老人和金花的脸上都有着同样复杂的表情，老人从口袋里掏出一张皱皱的 50 块钱塞到她手里，放下被子，便离开了。

我知道那其实是她的父亲，还不到 50 岁，从他的脸上可以看出，生活对他并不温柔。

为了让她在那个冬天感受到更多温暖，我决定要加倍地对她好。

返校时，我从家里多带了一份妈妈做的点心，塞到她手里说：“这是我妈特意给我们做的，特好吃。”

一开始她总是拒绝，我以为她只是不好意思接受，后来她没再谢绝，也没有说一句感谢，我以为她只是不善表达。

我跟爸妈说了她的情况，他们都想邀请她去我家做客，好好招待她，于是我在之后的一个周末邀请她去我家。

到我家之后，跟我爸妈打完招呼，她便独自坐在沙发上看电视。

我和爸妈在厨房里边准备饭菜边聊着学校里的人和事，说到班里好玩的事情时，金花什么都没说，一直盯着电视。饭桌上，她紧张地低着头吃饭，对我爸妈抛出的问题，问一句答一句，笑容好像也很勉强。

离家之前，爸妈嘱咐我，要和她好好聊聊。在返校的公交车上，她看着窗外独自发着呆，过了很久才转过头来对我说："不好意思啊，感觉今天在你家的表现不是很好。你知道吗？别人小心翼翼的善意会让我感到难受。从初中开始，老师会偷偷地塞给我饭票，刚开始我很感动，后来发现同学们总是用一种异样的眼光看我。食堂阿姨也经常会给我的盘子里盛一大勺饭菜，我总能听到背后的同学在小声嘀咕。你和你的家人对我这么好，我很感激，但是不知道为什么，想到自己被特殊对待，心里又总是会很难过。"

说完她的眼睛红红的。

那时候，我忽然明白了，为什么她明明是个很柔软的人，却总是一副冷漠和孤傲的样子。她装作冷漠也好，努力当第一名也好，都是为了给自己争取一个"不被同情"的资格。

"你知道吗？这是我第一次把同学带回家吃饭。一开始我确实有过想要帮助你的想法。不过很快我就否定了这个想法，因为你是一个优秀、内心很细腻的人。你一定会拥有更好的生活，那些困窘对你来说都是暂时的。即便如此，我还是想对你好，我发现我不是出于同情才想对你好的，我只是想对自己认可的人更好一点，仅此而已。今后我还是想邀请你去我家玩，还是想把好的东西分享给你，不是因为我觉得你需要，而是因为我觉得你值得，可以吗？”

听我说完这些，她笑了，点了点头。

“我不配”的那些年

李柏林

1

我曾经觉得自己是靠幸运走到了现在，很多事情仿佛是作为最后一名挤进了队伍。

17 岁那年，我收到了人生中的第一个杂志采访的邀请，当编辑找到我的时候，我再三核实信息。除了开心，更多的是害怕。因为我去看了那家杂志采访其他青年作者的文章，我很害怕自己夹在他们当中，被别人认为是个意外。

编辑说采访稿要放照片，可是那时，我觉得自己并不好看，连张像样的照片都没有。我甚至觉得，自己没有一件衣服适合拍这张如此重要的照片。寝室有个温州的同学，衣品在同学眼里也算是紧跟潮流了。我找她借了一条墨绿色的裙子，尽管那条裙子因为我们身材不一样，显得很不合身。可是我觉得，只有那样的衣服，才配得上杂志。

后来那本杂志发行，编辑要给我寄样刊，我客气地央求编辑能不能给我签个名。当时那个编辑都愣住了，笑着说，一直都是别人要作者的签名，第一次碰到要编辑签名的作者。

他肯定不理解我的心情，我当时觉得作者那么多，偏偏他发现了我，我是多么幸运，觉得这是一种知遇之恩，我肯定要一辈子感激他啊。

然而这次采访过后，我并没有跟我的伯乐维持联系，甚至再也没有给他投过稿件。不是不想，而是不敢，我害怕后来的稿件质量不高，让他觉得当初真是采访错了人。

那时，遇见自己很感激的人，我都不敢去表现自己，反而觉得远离会带来一种安全感，只得把这种感激放在心里一直珍藏。

2

后来我一直没有停止写作，19岁那年，一位编辑告诉我，一些青春作家崭露头角，出版社决定出一套青春文学作品集，问我有没有兴趣。我想都没想就拒绝了，怎么可能是我呢，我的稿子写得不好，发表的数量也不多。

后来那位编辑觉得我如果不去争取，以后就没有这么好的机会了，所以一直鼓励我，让我在截稿之前抓紧时间写。我在自我怀疑的心态中完成了自己的书稿，心里一直在想，如果我能选上，那应该就是中大奖了吧。最后虽然选上了，可是因为稿件被排在了后面，出版社只出版了前20本，而按照交稿的顺序，我正好是入选的第26本。

也许对自卑的人来说，看到机会不是迎头赶上，首先想到的反而是逃避。

3

大学时期，学院经常举行文学活动，我因为喜欢写一些小文章，再者参加此类活动可以加学分，所以这种活动我总是很乐意参加。记得有一次学院举行了征文比赛，我恰巧拿了第一名。在颁奖典礼上，我遇见了当时担任主持人的一个播音系男孩。

那次颁奖，让他认识了我，后来我去参加播音系的小课，经常与他碰面，甚至觉得他以后一定是出现在电视上的主持人。可当他跟我暗示喜欢我的时候，我却赶紧逃开了。其实不是不喜欢，我只是觉得，如果被那样一个在灯光下的人发现我有那么多缺点，然后再分手，是多么残忍的一件事情，倒不如在别人那里成为一道“白月光”。

其实那些暗示，我怎么可能一点都不明白，只是觉得自己何德何能，能成为别人的所爱呢？我一无所长，怎么可能会有人爱我很多年呢？

4

我一直都是这样，在人群中偷偷地努力，好让自己显得不是那么笨拙，想要自己有一点小小的才华，看起来不是一无是处，希望自己安静一些，不会被人厌烦。

我就在这种自我怀疑中度过了整个青春期。

直到后来我去参加一个诗歌活动，见到了自己从小就喜欢的作家，可我还是像以前一样不自信，甚至给人的感觉像一个没有见过什么世面的小学生。

活动有朗读环节，我听着很多朋友上去朗读诗歌。突然，一位朋友过来对我说："你也上去读一首吧。"

像在课堂上被老师提问的感觉一样，我依旧摇头拒绝，紧张到手心出汗。我能行吗？算了吧，我还是静静地坐在下面听吧。

可看着身边的人一个个上台，他们是那么从容自信。我环顾四周，看着那一位位优秀的前辈，这样一个场合，我又是怎么进来的呢？那是我凭着坚持一关关闯过来的啊。

我突然有了很强的表达欲，我走上了台，讲述一个小镇姑娘靠着写作实现梦想的故事。刚开始没有人相信她能成功，可她好像听不见一样，一个人写啊写，她通过写作走到了喜欢的作家面前，也见到了想见的世面，还收获了想要的友谊。

我在那一刻才觉得，为什么要那么自卑呢，我明明就配得上鲜花和掌声啊。每篇稿子，都是我深夜一个字一个字敲出来的；每本书，也是我独处时自己一个字一个字读过来的。

5

曾经，我就像自己去种了一棵树。当开花的时候，我却以为是因为春天，而不是因为我的努力；当结果的时候，我却以为是因为秋天，而不是因为我的付出。

年轻的时候，我们总觉得自己不配。碰见生命中的贵人，我们妄想把时间定格在曾经最好的那一刻，却不敢去突破关系。在机会来临的时候，我们通过逃避，来证明自己的平庸。甚至我们在谈恋爱的时候，也会问身边的人配不配，而忘了自己爱不爱，如果别人觉得不配，自己在感情里就要低人一等。我们很多时候，都在委屈自己，明明在努力，却不敢向这个世界要回应。

而现在再回头看“我不配”的那些年，跌跌撞撞不懂世界的规则，走过弯路，有过心碎，掌声来的时候不敢去听，奖牌来的时候不敢去接……想到这些，不禁有一些伤感，但更多的是对那些年的笨拙与真诚的感慨。

就像班里学习最认真的学生，虽然成绩不是很好，可是态度一直很端正，因为一边自我怀疑，一边自我鼓励。可是正因如此，我才一直在奔跑的路上。每一个不放弃自己的人都配得到掌声，如果没有人鼓掌，也要自己告诉自己，只要在努力，你就配得上。

最好的朋友

warmblood

小时候，我曾经在体育课上玩过一种游戏。

班里所有的人被随机排序，然后围成一个圈朝着一个方向旋转。老师一声令下，大家就要按口令迅速找到愿意与自己抱团的人。落单的人会受到一定的惩罚。

每次玩那个游戏，我都胆战心惊。因为那时候在班里，我虽然有不少关系不错的朋友，但她们几乎都有自己最好的朋友。在慌乱的情形下，我很难相信自己坚定地选择的那个人，也能坚定地回应我。

我曾经做过一个梦，梦里我孤零零地站在操场中央，周围是一对对关系亲密的朋友的欢声笑语，只有我四处张望，不知道要往哪里去。我感觉下一秒，自己就要变成气球，被风刮到天上去。

后来，只要一想起那个梦里的无助感，我就特别难过。也是从那个时候开始，我变得格外在意自己在好朋友心中的位置，特别渴望自己也能被最好的朋友坚定地喜欢和选择。

在寻求被坚定地喜欢的这条路上，我走了不少弯路。那时候，为了增进和某个朋友的友谊，成为她最好的朋友，我做了很多努力。

为了买到她期待已久的限量版海报，我跑遍了学校周边的商店。为了在她生日当天送她一幅十字绣，我还特地从大人那里学会了绣十字绣，断断续续绣了半年时间。我希望这些特别的心意也能交换到她给出的区别于她其他朋友的特殊待遇，但这个愿望很快就落空了。

有一次，她从外地回来，送给我一罐五彩斑斓的糖果，罐子的表面是她用马克笔写的一句赠语。我为此开心了好久，把那罐糖果放在枕头旁边，舍不得吃，光是看着就觉得特别甜蜜。

但后来有一天，我在另外一个和她关系不错的朋友家里，看到了一罐同样的糖果，上面也有她用马克笔留下的字迹。我突然意识到原来那份我特别珍爱的礼物不是我的专属品，瞬间就觉得特别失望。

于是，我像一只碰到障碍物就敏感收回触角的蜗牛，渐渐收回了对那个朋友特别供应的喜欢，把她重新归到“普通朋友”的行列。

直到我带着这种心态继续建立新的友谊，积攒了很多失望以后，我才明白：当带着渴望得到 100 分回应的心态对一个人投入 100 分的喜欢，这份喜欢其实会在无形中给对方带来非常大的压力。

过去我以为，要想被坚定地喜欢和选择，就必须得到对方专属而特别的偏爱，但后来我发现不是这么回事。

我意识到，当我带着严格的标准去衡量对方投给我的回应，从而去判断自己有没有被对方坚定地喜欢时，我发现我总会失望。因为我忽视了，寻求被坚定地喜欢，并不意味着这份喜欢一定要是专属且特别的。

就像那罐不只给我一个人的糖果，虽然朋友也送给了其他人，但它们同样被寄予了真挚而重要的情感。

真正明白这个道理，是在大学时代认识好朋友林鹿之后。

那时候，我和她经常挤在上铺，拉上床帘，猫在里面看恐怖片。看饿了，我们就踩着拖鞋，找两辆共享单车，骑到大学城附近的美食广场，点两碗酸辣粉，埋头吃起来，吃到需要互相扶持着才能站起来。这些只属于我们两个人的特殊经历让我们的关系迅速升温。

不得不承认，这种升温也给我们的关系带来了危机。我以为我们之间的情感联结是独特且不可替代的。但在得知她面临重大抉择时有比我更优先的倾诉对象后，我陷入了“不被需要”的巨大失落。

她意识到我的情绪后，并没有急着让我知道我和她的其他朋友谁更重要，而是提醒我，我的反应可能和恋爱关系中常说的“感情洁癖”有关。拥有感情洁癖的人在对待友情的时候，通常也很难接受自己最好的朋友拥有多个“最好的朋友”。

她告诉我，很多时候，一个“最好的朋友”其实无法承载那么多的情绪需求，所以就需要在不同的朋友身上建立不同的情绪需求。

我们在寻求帮助的时候，选择的优先级并不意味着关系的重要性。因为每一个朋友提供给我们的情绪价值都是独特且珍贵的。所以，如果你也有像我一样的敏感时刻，那么我也想提醒你：就算不是最佳好友的第一选择，你也不要轻易否认自己的独特和珍贵。

小平凡

夏南年

明亮的晌午，音响随机播放到《送你一朵小红花》，听到其中一句，我忍不住眼眶温热。那部同名电影，我是当作烂漫的青春片看的，我最爱里面少男少女在街边吃烤串、侃大山的情节，以及他们包裹着倔强的怦怦跳动的心。

这大概是每个人都会经历的成长过程吧。从压根不会思考这类问题的幼稚鬼，慢慢长成运动会得了名次，便觉得自己天赋异禀，发现了属于自己的新大陆的可爱少年。而我偏偏是在大家埋头于题海，意识到自己是“虽千万人吾往矣”中坚定的一员时，开始写文章的。于是这样的我，察觉到自己的平凡，比别人晚了好多年。

只是于我，不凡的是那段日子里星星一样细碎的亮，并非同龄朋友吹捧的：“你超棒的，我是看着你的文章长大的。”

那时候真的很美妙，我有灵气，还有一点天赋。我不是乖小孩。高一很多个清晨，我打着哈欠坐到座位上，在同学的书声琅琅中，翻开本子开始写故事。一节课能写一篇随笔，两节数学课能写出 3000

字的小说，一口气画完最后一个句号，揉着被笔压痛的手指，抬头就能看到喜欢的少年。

偶尔也会碰见他转头看我，阳光像发光的薄雾填满整间教室，我忍不住笑，看见飞快转过头的他耳朵红了。

写了那么多文章，学校社团开始招新时，本还是“萌新”的我直接当上了文学社社长。偏偏原社长弄丢了新社员的名单，于是买东西都不敢大声说话的我突然爆发了潜力，当天挨个在每个班级门口随机拽住一个同学就问：“能麻烦你喊一下你们班的班长吗？”等一个陌生同学走出来，我再迎上前说：“你好，麻烦你帮忙在班里通知一下，文学社周二下午在活动室开会。”只用了两个课间，我就风风火火跑完了 15 个班。

虽然每件事都做得像小孩子玩过家家，但那一年我还是做出了我们学校第一本校刊，排了一出舞台剧。

但记忆里的惊喜，是第二年招新的一个黄昏。当时天色昏暗，我去找朋友借台灯，又跑上跑下发宣传表，转头看到喜欢的男生帮我守在招新的小桌前，那一刻觉得自己特别厉害。我的青春，不是安静的。

它是秋风里簌簌落下枝头的叶子，在阳光下熠熠生辉，如烟花，却不会熄灭消逝。那是我生命里的白月光。每个人生命里的白月光都不平凡，但很久后我才发现，这个不凡，只对于自己。

年龄增长会改变许多事物，过去我或许是提前爬上了山峰且引以为傲，但不知不觉间，大家都已经爬了上来，而更难的山头我还没去翻越。

我清楚地记得，当时网上非常流行一句话——长大是从接受自己的平凡开始的。我看着这几个字，心跳开始加速。我内心深处已然了解自己的平凡，但那个 17 岁独自旅行让大家觉得勇敢、厉害的少女，倔强地不愿承认自己的平凡。

我开始尝试一些新鲜事物，比如去参加讲习班，和心里“大神”级别的作家说话。起初的确如我所愿，虽然讲习班的人数不算少，但分享会上有不少人主动夸我文章写得好。之后的饭局上我正得意，突然被问到常在哪些杂志上发表文章，我一抬头，发现问我这个问题的，是我在看杂志时早就敬佩不已的作家之一。真正的“大神”低调又温和，我的脸滚烫起来，我在心里叹口气，发觉自己依旧仅是普普通通的一员啊。

我当然不甘心，又一口气做了好多过去觉得了不起的事儿——当志愿者，资助贫困学生，去中学时同学们都喜欢的杂志社当编辑，甚至去抢名家分享类节目的门票，到现场感受那些不凡之人的魅力……可这个世界太大了，视野越广，遇见的人越多，越发觉得自己的平凡只是千万种平凡里的一种。

有次，我被编辑约写一篇以男闺密为主题的稿子。因为没有经历，我向特别有笑点的室友借了故事，写了她长相奇特又好玩的男闺密，才顺利交了稿。平凡的我，最致命的是没有惊心动魄、刺激有趣的经历，便写不出跌宕起伏的故事。我不甘心做了那么久的事，因为自己的平凡搁浅。

我彻底患上了“平凡焦虑症”，心情持续沉郁，走路都恨不得东张西望寻找一些特别的事。我还在文章里写，每个人都想站在顶尖，所以即便未来我接受自己的平凡，只是因为实在达不到，干脆“算了”，不是真的不想要了。

惶恐了半个月，我突然收到一位编辑发来的消息：“有读者反馈说很喜欢你写的文章，觉得特别贴近生活，继续加油哦。”我愣了一秒，欢喜从嘴角溢出，心里渐渐敞亮起来。

想起最早认识的一个“粉丝”，有段时间她疯狂向同学“安利”我，我受宠若惊。后来，看她在写偶像的文章里写我，提到自己很沮丧的时刻，是读到我的一篇文章才慢慢走回温柔生活的。而她的“复活血”，只是一个女孩为了得到一个优秀男孩的认可，认真追梦，创作出普通作品的简单情节。

有一次，我去参加一个名家分享活动，一整个下午，那些科研数据、调查结果听得我昏昏欲睡，而带着生活气息的表达者，嬉笑着说点儿浅处的收获，就让我听得舒心且收获颇丰。

是因为最平凡的事物和言语，才最能获得大众的认同，在人们心中扎根最深吧？我终于愿意大方地承认，我就是那种特别普通的女孩子，会因为下楼拿快递时闻到了花香而雀跃，收到朋友的礼物会不好意思又惊喜不已，追星连演唱会门票都抢不到，上学时躲着班主任和喜欢的少年逛操场，毕业后为将要踏进格子间忐忑……我体会的是大多数人经历的事情，害怕着千万人同样害怕的难题，而这正好是我想要的，因为我想成为的始终是那种，用一点生活里的小感悟，让别人有一点温暖的作者。

就像《送你一朵小红花》里击中我的那句歌词：“送你一朵小红花，开在你心底最深的泥沙，奖励你能感受每个命运的挣扎。”这是我平凡的价值。

爸，跟你说个秘密

达小敢

曾经很多个放学的傍晚，我坐在副驾驶座位上安静得像一尊雕塑，或者说我的确被困在了一个无形的壳里，做不到开口，做不到跟你分享我在学校的生活。你从未听我说过好朋友把她奶奶做的米花糖分给我吃，某天我的物理老师把上衣穿反了，某天我学得很累，某天我过得无聊……这些感受我通通不会告诉你。

只有我小升初考试、中考，还有在高考结束之后要做重大选择的时刻，你才会作为一个人生导师的角色给我灌输很多道理，即便如此，我们的交流也像开会一样正式。我永远是一个被教育的角色，你说我听，雷打不动。

我人生的其他重要时刻——比如，声乐比赛或者演讲比赛，你几乎每次都会到场，尽职尽责地接送、照相、录像，尽管我们几乎不说什么话。所有的一切在当时的我看来不过是走程序，是你的责任感让你去做这些事，仅此而已。

可在我还很小的时候，我们和绝大多数父女一样，你开心地抱我，把我举得很高，有时甩来甩去，我总被逗得咯咯笑。后来，你工作越来越忙，经常加班、出差、应酬。

小学六年，我都在外婆家度过，上初中时被接回家。你完美地担起父亲的责任，任劳任怨地接我上下学，周末一有时间你就会带我出去，奇怪的是我们还是没什么话说。

我能感受到你对我的期待远高于我的实力。打小我就不是最优秀的那一个，倒也能够成为比较优秀的那一拨人中的一个，但绝非拔尖。你当然发现情况并不如你期待的那样，可你还是想挣扎着扳回一局，尝试改变我这件雕塑作品的形状。

我上初中那段时间，你经常设置一些需要思考的小问题，比如，为什么马路上某个路标和其他路口的不一样？这是想要训练我的逻辑思维和观察能力。一开始我还会傻里傻气地给出一些不经大脑思考的答案，然后你怒了，我蒙了。我听出你的失望和无奈。沉默许久，母亲会故作轻松地转移话题，我们很默契地当作什么都没发生，我也从不会戳穿母亲极力掩饰的心酸。

我开始反抗，在心里千万次应对你发火的场面，每次都精准地找到你的漏洞，无声地在内心反驳你。我每次也都认真地思考那些问题，甚至后来慢慢地，我想到的答案和你最后揭晓的答案是一样的，可是我不会说，因为说出来有错的风险。我让你彻底感受到深深的失望，切断了你了解我的重要途径，你根本不知道我在想什么。

我时不时会怪你不多花时间陪伴我。这种感受是间歇性的，有时强烈，但往往又很容易消失得无影无踪。比如，你带我和母亲参加某次酒局，你的朋友喝多了，跟我说你对我心怀愧疚，请我不要怪你。那个时候，我甚至后悔以前居然真的产生过怪你的想法，想扑到你怀里安慰你，说我从来不怪你，将来也不会。不过这样的场面绝对不会发生，毕竟我们的相处模式里从来没有这么温情的场面。

如今我步入大学，成了一个稚嫩的成年人，才开始尝到做一个大人需要经历的种种艰难。我甚至想，如果我现在有小孩，我做得一定会比你糟糕一万倍。本职工作、人际关系、家庭责任各方面的压力都落在你肩上，于是你不得不做出一些抉择，有些时候矛盾的出现不是因为有人做错，但是会让很多人承受痛苦。可是没有人能面面俱到，就算有，我也不希望你是这个完美到可怕的人，完美地兼顾一切。

成长必定伴有痛苦，尽管那些矛盾仍然存在，但成长让我拓宽了视野和格局，慢慢治愈一切。现实不可能完满，分歧永远避免不了。可那些都是现实维度的问题，永远不会改变你累了一整天后回来蹑手蹑脚给我盖上被子时看我的眼神。

有人说："我们登上并非自己选择的舞台，演绎并非自己选择的剧本。"纵使现实千万般无奈，我也知道爱永远存在。所有的埋怨、厌倦和愧疚，都可以因为这份坚定烟消云散。

我曾经很害怕演讲

闫 晗

小学四年级时，我还是个经常站在“C位”的人，代表班级参加学校的学雷锋主题演讲比赛，并且得了第一名。那篇演讲稿是我妈妈写的，她是五年级的语文老师，我只是将演讲稿背诵下来，再大声地表达出来。那个时候我留着童花头，站在学校操场前的台子上，带着一种孩童式的强大的自信心，把台下的人都当成土豆，并不在意自己背了什么。

小学阶段的我总考第一名，作为好学生得到过很多夸奖，就会自我感觉良好，仿佛世界上没有我不擅长的事情。后来有一次在课间上厕所的路上，我偶然听到几个五年级的男生对我指指点点，然后用一种揶揄的口吻重复我演讲稿中的几句话：“我虽然长得矮小，但是我不怕吃苦……”后面是一些夸自己的话。在小学生那些充满正能量的演讲稿里，拿自己当正面典型、对自己多些溢美之词是普遍存在的，我原本并未觉得有什么不妥，但经过他们的演绎，就一下子感到自己有些可笑。我不敢看他们，但那种哂笑的表情我能想象出来，便红着脸迅速跑远了。这一幕一直停留在我的记忆里，有种说不出来的感觉，一个疑问在我心头盘桓——当众讲话会被他人攻击吗？

学生时代再一次想参加演讲比赛已经是高中一年级了。那次演讲是先在班里进行选拔，选出一个人代表班级参加全校的比赛。班上参与选拔的同学并不多，只有我和语文课代表李淼俩人。我用了好几节自习课认真写稿子，并修改了好几稿，念得很熟，感觉自己志在必得。

选拔开始了。早自习时我先朗读了一遍，由于时间不充足，李淼的朗读改在了下午课外活动时间进行。没想到的是，她临时跟我说："我没有写稿子，能不能也读你的？"我有些诧异，但我不是一个擅长拒绝的人，虽然不情愿，也只好点点头。

那天，李淼穿得很漂亮，她拿着我的稿子信步走上讲台，没有直接读，而是先说了一段开场白："不好意思，这篇稿子我只看过一遍，可能不太熟，我觉得演讲最重要的是一个人的台风和气质。"这段话让我心中的不适又增加了几分。是的，她长得好看，穿戴入时，可她读得没什么感情，甚至有点磕巴。演讲比赛不是拼外表，而应该看演讲水平吧？

最后的投票结果出乎我的意料，李淼胜出了。我的心拔凉拔凉的，但规则就是这样，我只能接受。班上有几个跟我走得比较近的同学，私下里纷纷表示诧异和愤愤不平，并且跟我分析了一些可能导致我失败的原因：比如，两个人朗读的时间隔得远，大家都忘了我早上的表现，而且李淼强调稿子只看了一遍，她不熟悉情有可原；还有，李淼今天带了一些零食分给大家吃，这肯定是为了拉票，以前可从来没见过她带零食和同学们分享。另外，她们批评我，为什么同意李淼读我的稿子。

我听着她们七嘴八舌的分析，并不知道分析得对不对，糟糕的心情也并没有得到纾解，反而陷入虚无和落寞中，被强大的孤独感裹挟。

李淼和我来自同一所初中，虽不曾深交，但维持着见面打招呼的交情。这种交情对我来说没有任何好处，因为她会很自然地开口跟我提要求，内向的我却从不好意思要求她做什么。参加学校演讲比赛时，李淼还是要求用我写的稿子，我依然无法说不——或许是为了班级的荣誉，或许觉得“写都写了”，又或许因为我骨子里是个很软弱的人。

比赛那天，我坐在台下。李淼穿着一件红色的连衣裙，一脸自信，稿子已经背熟，比上次的表现确实好很多。但是，还不够好，该读出的抑扬顿挫没有读出来，好几个句子没读好。最终她是第六名。如果换成是我上台，会不会更好一些呢？我无从知晓。

那只是一次很小的比赛，小到不值一提，高中的学习生活紧张忙碌，大家很快就忘记了。我早已经忘记了那次演讲的主题和内容，但依然清楚地记得当时自己内心的纠结与不快。

为什么我那么在意那一次演讲比赛呢？回想起来，或许是因为高一年级时我很不快乐。我们那一届学生是在全市范围内选拔的尖子生，高手云集，我不再像初中时那样轻易就能出类拔萃，感受到了泯然众人的压抑。这让我产生了巨大的心理落差，急于找到一个方式证明自己，可惜我失败了。这次失败给我留下了后遗症，我开始觉得自己长得丑，并因此产生了自卑心理。我也开始怀疑自己的能力，甚至想，也许小学四年级那一次得奖，不过是因为我妈妈是学校的老师？

我开始深深地厌恶自己——我为什么不能拒绝李淼的要求？那样即使失败，也干脆些，不会混杂着这些琐碎的伤感。人一切的痛苦都源于对自己无能的愤怒。理想中的我是明亮、友善和大度的，当时的我明明做不到大度，却装作满不在乎，这种伪装消耗了我很多的心理能量。

直到工作之后，有一年单位评选优秀员工，要做三分钟的工作业绩陈述，我如临大敌，想起了高中一年级的自己。我又面临着被评判的风险、失败的风险、内心再度受挫的风险。我认真准备讲稿，私下里做好练习。还好，那次我做得还不错，足以重建一些自信，治愈曾经的创伤。最重要的是，从此以后，对演讲这件事，我终于不那么怕了。后来，我又进行了很多次演讲，也不再觉得恐惧。我慢慢懂得，不必太在意每一个听众的想法，多寻找机会，慢慢练习，总会变好的。

前一阵跟某个中学时的朋友一起吃饭，聊起从前，我突然想起李淼，提了几句当年的事情。我郑重地说了一句："当年我不喜欢她。"朋友略微不解地看着我，因为这件事情听起来有点不值一提，而我向来是一个温和的人，对人不会表达如此强烈的好恶。说完这句话，我长舒一口气，感觉与当年的自己彻底和解了。

没有人知道，那件很小的事情居然在我的内心世界引发过一场海啸。青春期的我们，都那么矫情、自负又自卑。而我经历这一切的意义在于，我更加了解自己的情绪，也能够体谅他人细小的痛苦，变成一个日益开阔的人。如今的我，与 16 岁的自己心目中理想的样子差不多。

好学校，是不是好选择

阿　离

1

我出生在一个小乡村，小学是在家附近的村小读的，又在我所在的乡镇上了初中。在我上高中之前所处的教育环境里，真正重视教育的家长和学生很少，大家学习大多是因为这是必须接受的义务教育。偶尔家长也会给我们灌输“学习可以改变命运”的理念，但仅限于讲给孩子听而已，至于孩子能不能认真学习，全在于孩子听不听话。

当时的我就是那为数不多乖乖听话、认真学习的孩子。并不是因为有超出年龄的觉悟，只是因为我从小听话惯了。

小学时我从来没掉出过班级前 3 名，初中时几乎也保持在班级前 5 名。因为学习成绩好、乖乖听话、不惹是生非，我一直是老师最宠爱的学生之一，会频频得到表扬和夸奖，各种荣誉、担任班干部的机会等会优先考虑我。我的父母文化水平不高、没法辅导功课，我学习全靠自己摸索，因此他们更是以我为傲，觉得我天赋异禀，虽然从不直接表扬，但会在亲戚朋友面前炫耀。

在一片赞许声中长大的我，成了那个“别人家的小孩”。久而久之，我也自然而然地觉得，我是“天选之女”，和大人说的一样，生来聪明、天赋异禀。尤其是学习这件事，不用付出太多努力，我就可以轻而易举地拿到高分。

我以为自己会沿着这个认知和轨迹一直走下去，没想到高中3年的经历，把我所有的自信心全部击垮了。

2

2008年，我以还不错的成绩跨片区从我们小镇考到了市里最好的高中。进入高中后，我发现，原本“天赋异禀”的我不再鹤立鸡群，市里最优秀的学生几乎都集中在了这所高中。我好像一下子被扔到了一个鱼群争相游动的鱼池里，我被鱼群压在水底，想争食，连嘴都伸不出水面。

入学后的第一次考试，我从班级第6名掉到了20多名，在此之前，我从来没有考过如此差的名次。好几个舍友跟我一样，成绩出来后，我们宿舍的人抱头痛哭。

正式开始上课后，我一下子就被难度陡然上升的课程击垮了。所有偏理科的课程我几乎都听不懂。印象最深的是数学课，我本身就对数字不敏感，一个个公式和算法更让我听得云里雾里。高中上课的节奏非常紧凑，这节课还没有完全消化，下一节课又来了，完全没有解答困惑和反思喘息的时间。

每次不好的成绩出来后，我都会被老师叫到办公室单独教育。老师总是用担忧的语气说："你的成绩下降得厉害啊，你入学时的成绩很好，怎么就成了现在这样呢？""我的实力真是那样的吗？我以前可以，现在好像做不到了。"我在心里小声嘀咕，但依旧什么话也没有说，只应和着老师的话沉默、机械地点头，紧紧地捏着自己的衣角。

高中 3 年，类似的对话发生过不止一次。我每次都不敢直视老师的眼睛，因为他们的眼里充满了可怜、惋惜、失望，这加剧了我的痛苦。我觉得我辜负了所有人的期望，也会因此痛恨自己：为什么就不能按大家期望的、既定的轨迹继续走下去呢？在大家看来，这是我能力范围内可以做到的事。我真的可以做到吗？我试过，我做不到。

3

曾经有一段时间，我开始发愤图强。晚上宿舍熄灯后，等查寝的老师走后，再拿着手电筒在下铺看书做试卷，每晚都坚持到将近 12 点。一段时间的努力后，成绩确实上升了一些。

但我似乎缺乏坚持做一件事情的恒心和毅力，这样发奋学习的状况并没有持续太久。恢复正常的作息后，我的成绩又下滑到了努力前的水平。成绩的一次次下降，努力后也无用的挫败感，让我开始怀疑自己：我真的是别人形容的那么聪明的人吗？

那时，身处失败中的我找不到答案，我不明白为什么以前"可以"的我现在忽然"不行"了，为什么别人都觉得我"可以做到"而我却真的"做不到"。

伴随学习能力一同消失的，还有别人的肯定和赞美。我不再是老师关注的焦点和同学们羡慕的对象，我成了一个平平无奇的中等生，没有了之前一切额外的优待。之前所有带给我自信的支撑点全部崩塌了。其间也有老师为我惋惜，想努力提携我，给了我一些机会。班主任主动提出让我担任班长，可我觉得自己和其他同学比就是“不行”，没有资格担此重任，在讲台上布置任务说话都会觉得心虚。

最后，干了没多久，我就主动去找班主任辞职了。那时的我沉浸在严重的自我怀疑里，根本无法走出来。在学校里，我下意识地让自己做一个隐形人，只和舍友来往，天天穿校服，把自己裹在和大家一样的衣服里，这样就没人注意到我。

在我最受挫的时候，本可以做我“后盾”的父母也缺席了，他们把我一个人留在学校里，即使察觉到我情绪不对，也只是小心翼翼不提成绩不刺激我。

父母从小对我是“散养”模式，他们认为小孩从小就该独立自主、自力更生。所以整个高中 3 年，他们只在我的要求下来过一次。可那些城里同学的家长，每到孩子无法回家的周末，都会来给自己家的孩子送饭。看着那些同学马不停蹄地冲到学校门口去找自己的爸爸妈妈，一家人喜气洋洋地挽着彼此的胳膊走向宿舍楼，一起收拾东西，一起吃饭，我羡慕极了。

没有家长关爱的日子里，我们以宿舍为中心，抱团形成了一个孤岛。那时我们吃得最多的就是馒头、咸菜，合伙买一份大锅菜都是奢侈。吃没有油水的饭菜很容易饥饿，我们就提前买很多馒头放在桌兜里，晚自习饿了就偷偷吃一个。下晚自习经常是晚上 10 点多，实在还饿的话，我们就回宿舍泡方便面，方便面吃完了再用剩下的汤水泡煎饼，大家都觉得这样吃香极了。苦中作乐、相互依靠取暖，我们一起走过了最难熬的 3 年。

4

距离高考还有一段时间，我忽然醒悟，不能继续这样了。我感觉到了危机，如果再不学习，高考这一关我肯定是过不去的。我奋起直追，努力学习，最后考到了比我平时的成绩高很多的分数。

这个分数，和我入学时的成绩比还是有差距。父母仍然觉得可惜，问我要不要复读，我断然拒绝了。我觉得自己已经足够幸运，没有发挥失常的地方，每一门功课都做到了我能力范围内的最好，没有什么遗憾的，那样的高中生活我再也不想经历第二次。

在报志愿的时候，幸运之神再次眷顾了我。我成功被一所在当地排名还不错的大学录取，也读到了心仪的专业。

大学 4 年的生活完全改变了我的人生。在那里，考高分变得不再那么重要，成绩不再是衡量一个人的唯一标准，高中时代加在我身上的沉重枷锁终于消失了。渐渐地，我不再低着头走路，我抬起头来，徜徉在自由的大学生活里，呼吸着那里的新鲜空气，在里面学习、成长、自愈。

后来，我陆续去过几次我读过的高中。再回到这里，年龄越长，我越发平静。

走在熟悉的小路上，我依然会再次记起在这里时的那些人和事。不一样的是，以前我会觉得这些回忆都很沉重，不愿想起，但现在一切好像都成了过眼云烟，那些曾经压得我喘不过气来的东西已经越来越淡、越来越远。

我不要你们了

柒浥尘

1

这世上有三样东西是藏不住的：贫穷、咳嗽和喜欢。我没能藏住贫穷，它蔓延了我的整个青春，无孔不入。

前几日，我和朋友约好去吃饭，吃到一半的时候，她放下筷子，抬头怔怔地望着我，莫名地说了一句："我感觉你没以前那么自卑了。"我笑了笑，停了良久，回了句："也许是因为长大了吧。"

长大后的我努力想要抹去贫穷带给我的自卑，努力遵循内心的想法生活，努力找回我曾遗失的星辰大海。可我发现自己还是做不到，贫穷带给我的自卑是深入骨髓的，尽管我竭尽所能地想抹掉它的痕迹，但每次触碰，我都会感到锥心般的疼。

写《感谢贫穷》那篇文章的女孩火了，那是一篇有关贫穷、希望和努力的文章。有人觉得，她的《感谢贫穷》似乎给贫穷穿上了一件华丽的外套，让一部分人自我麻痹似的安慰自己——贫穷是一件好事。

但身处真正的贫穷就像陷入泥潭，身边充满了难以接受却无法抗拒的现实打击，必须拼命挣扎才能获得生机。她感谢的并不是贫穷本身，而是她自身的悟性、天分以及努力。贫穷并不会使人成功，而对贫穷的反抗才是成功的助推器。

我不知道贫穷给别人带去了什么，我只知道，因为贫穷，我的整个青春全是自卑和懦弱，没有赌气，没有叛逆，没有离家出走，身边的人都把我的懂事当成理所当然：学会隐忍，习惯让步，快速长大，甚至连我都以为自己的不哭、不闹、不撒娇是理所当然的，即使心里有千般苦楚、万般委屈。

2

小时候，我家很穷，有时候过年都买不起新衣。那时看着其他孩子穿上新衣在我面前炫耀，我恨不得把自己揉进腊月的漫天飞雪里，落地融化。也因为穷，我很早就学会了察言观色，甚至别人的一个手势、一个眼神，我就知道应该用怎样的笑脸去迎合。

7 岁那年，我和隔壁人家的小孩玩耍，她从地上捡起一块石头扔向我，毫无防备的我被打中了头，我又恼又恨，却没有还手。她向我做了个鬼脸，嘴里吐出两个字——“傻子”。对啊，我是傻，被打了都不还手，还不是因为我家穷。我怕打伤她会赔医药费，更怕父母为医药费低三下四、委曲求全地找人借钱。

9 岁那年，祖母问我：“为什么隔壁家的小胖抢你玩具你不闹，衣服破了洞你不说，膝盖摔疼你也不哭?”我咧着嘴笑道：“玩具他喜欢拿去就好，衣服破了自己补补就行，膝盖嘛，过几天就好了。”祖母摇了摇头，眼里好像蒙了一层水雾，我知道那是对我懂事的心疼，但我没有勇气说我不累、我不苦。有些事是没有必要说出口的，心照不宣就已经很累了。

10 岁那年，父母外出务工，他们走的那天，我没像其他小孩那样号啕大哭，只是默默地站在那里，目送他们离去，挥手道别。身旁的大人说我真懂事，可他们不知道，转身的那一瞬间我哭了。我只是不能在父母面前哭，他们会担心的，担心我会不习惯，担心我会受伤。

11 岁那年，我弄丢了家里的一只鸡，我追着它跑了半个山头。我从来都不知道自己可以跑这么远，心里只想着一只鸡能卖多少钱，这些钱够我家多久的开销。也不知是它跑累了还是我跑得太猛，在一个水洼处我抓住了它，它扑腾着翅膀，却逃脱不了，扭着脖子在我手腕处啄了一口。看着手腕沁出血来，我没哭，却笑了。

16 岁那年，我喜欢的男孩向我表白，我没敢答应，不为别的，就是觉得自己配不上他。直到现在我还清晰地记得，他转身后落寞的背影。我心口隐隐作痛，却暗暗发誓自己要变得优秀，可以去爱自己喜欢的人。

很久以后我才明白，青春期的爱情是纯粹的，无关长相，无关贫富。

3

贫穷带给我的不仅是自卑，还有亲情的缺失。

因为穷，父母外出打工，整整3年没有回过一次家，连我自己都错以为父母不要我了。和他们打电话的时候，每次都只通话两分钟我便挂了，长途话费太贵，少说几句话便可以节省出一顿饭钱。那个时候，我不敢问他们什么时候回来，因为我知道，挣不到钱，偿还不了债务，他们没脸回家。后来我渐渐明白，那是他们仅存的自尊心和想要过更好的生活却积重难返的无力感。

那3年是我最难熬的日子，我经历着同龄人不该承受的痛苦，见惯了冷嘲热讽、世态炎凉，像一只刺猬包裹着自己，冷暖自知。后来父母回来，偿还了债务，做了点儿小生意，把我接到了他们身边。明明是与我有着最亲关系的两个人，明明他们就站在我面前，可我觉得他们异常陌生、遥远。

贫穷在别人眼里是什么样的？是自私孤傲、过度的自尊、见不得别人好的仇富心态，还是在贫穷的环境下成长起来的不屈不挠的精神和乐观积极的生活态度？我只知道，贫穷给我带来的更多是抹不去的自卑感，是面对喜欢的东西总觉得自己配不上的胆怯，骨子里塞满了对自己懦弱的恨意和对别人生活无忧的羡慕。

阿菱是我的好友，我们有一个共性，那就是穷。但我们也不同，我更像是那种一生碌碌无为却安慰自己平凡可贵的人，她则是那种拼了命也想改变自己命运的人。

阿菱去做兼职，晚上10点才下班，她没打车回学校，也没住旅馆，而是在公园的长椅上躺了一晚。她对室友撒谎说，自己是没带身份证才没住旅馆的。事实上，若是把兼职挣来的钱用来住旅馆的话，那她一天的努力算是白费了。撒谎是她不想接受别人的怜悯和施舍，也是她想守住最后尊严的唯一方法。

她说，小时候总想着长大，因为长大后就可以离开那片生她养她的土地，纵然那里有她童年的回忆，纵然那里有她念念不忘的人，纵然她对那片土地有太多太多的不舍，但她还是想要离开；她说，条条大路通罗马，有些人生来就在罗马，他们有长辈打下来的天下，而她都不敢拿10年时间去拼一个不确定的未来，在她身后有一群她要保护的人，她怕10年后会一无所有，甚至负债累累；她说，这世上很多东西都是靠不住的，一旦与利益扯上关系，便毫无纯粹可言，穷人怕生病，富人怕穷亲戚……

我不知道该怎么去定义"贫穷"这两个字，它就像是安装在大脑里的算盘，所有的花费都需要精打细算，稍不留神便会捉襟见肘，所有的决定都要权衡利弊、深思熟虑，从来都不敢说"我想要"，而是以价格衡量买不买。它压迫人的神经，使人变得敏感而脆弱，一点点打击都会让人号啕大哭。

这些年来，自卑和懦弱无声无息地渗入我的骨髓里，压得我喘不过气来，它们在我的青春时代耀武扬威，吞噬着我的自信和勇气。就算很喜欢很喜欢一样东西，我也只敢表现出羡慕，却不敢说"我想要"。

而现在，我要去追寻我的星辰和大海了。永别了，自卑和懦弱，我不要你们了。

花儿不再躲在阴影下

病鹤斋

1

少女时代最无奈的事是什么呢？大概就是不敢以一个少女的姿态自居，就像那时的我。高二时，原本只是星星点点的青春痘，忽然如洪水一样泛滥开来，我开始吃含有激素的药。但是这些药对我没有效果，却让我除了青春痘还多了肥胖。

那时我 17 岁，喜欢穿宽大的校服，喜欢自称大哥。我胖得不能穿裙子，每天醒来枕头上都会沾满痘痘破裂的血迹……我已经失去了一个少女应有的青春姿态。最严重的时候，我甚至会赖在家里不想去上学，妈妈拎着我的书包呵斥我不成器。我手里攥着刚刚擦过脸上血迹的纸巾忍不住大声哭了出来。

我对妈妈说："妈妈，我的脸烂了。"

我记得最清楚的是，周末从繁重的课业中抽身去广场上喂鸽子，坐在一旁的老奶奶看着我的脸问："小姑娘，你脸上怎么这么不干净？”我手里握着玉米，身边围了一圈鸽子，我有些羞愧，也有一些愤怒，却无法逃离。鸽子啄食时，不经意地啄到我温热的掌心，连同老奶奶的话像针一样刺进了我的皮肤里，刺进了我百孔千疮的脸上。

我唯一能做的，就是像大家常说的那样“人丑就要多读书”。我在半年的时间里读完了《老子》《庄子》，但我最终还是没能学会面对生活，鼓盆而歌。我努力呵护着自己脆弱而敏感的内心，但是自卑的土壤是很难开出花儿来的，因为没有足够的阳光。

但所幸我读的那些书，在高考中让我借到了力——我的成绩不断提升，最终考上了武汉大学。

2

大学，对我来说像一片新生的土壤。来自不同地方的舍友，交际广博的同学，看着光彩熠熠的他们，我有些羞赧地打招呼，却无法像他们那样完全打开自己的心。

因为害怕，也因为自卑。

当舍友们已经结交了多个新朋友相约熟悉校园环境，一起游览新的城市时，我却一个人躲在寝室。需要去校外买东西时，我也是一个人看着地图摸索着往外走，却因为方向感极差，在偌大的校园里走丢了。植被茂密的武汉大学，安静得像一座瑰丽而深邃的迷宫，而我就是那个在迷宫里走丢的小丑。

心里带着对迷路的恐惧和对自己无能的愤怒，我给高中好友打了电话，我的朋友虽不多却足够要好。我强颜欢笑对电话那头的好友说：“我好蠢哦，居然在自己学校里走丢了。”但好朋友就是好朋友，几个字就听出了我的不对劲，她问我怎么了，我支支吾吾地回答说没事。

那一瞬间，好友似乎比我还愤怒，她在电话那头提高音量说："你是不是又觉得自己丑，又害怕跟人说话？我并不觉得你丑，退一万步讲即使你现在不够好看，那又怎么样呢？你自己又看不到。"

我想起高三在试卷中抬起头跟她开玩笑说："再苦几个月，我就要到大学里脱胎换骨，重新做人了。"

拿到录取通知书时，我在QQ上兴奋地跟她说："武汉大学哦！全中国非常厉害的辩论队就在那里，我要去学辩论了，以后斗嘴你再也说不赢我了！"

那些受过的苦难，此时却敌不过内心的自卑。我走在错落的鹅卵石小道上，暗暗地问自己："我真的要这样龟缩在自己的世界里吗？"

我鼓起勇气给新舍友打了个电话，她们远比我想象的热情，在电话里问我周围的标志性建筑。我跌跌撞撞地从林间走出，那一刹那我找到了回寝室的路，也找到了打开心扉的路。

3

那天晚上，我拿出夹在日记本里的辩论队纳新报名表，坚定地写下了自己的名字。全宿舍的人都和我一起填了报名表。

第一次参加社团的纳新，看着院办公室门口的人群，我紧张地攥紧了号牌。

我和舍友们互相祝福着走进了面试区，简单地做完自我介绍，又谈了谈自己对辩论和逻辑的看法，尽量克制自己声音里的颤抖与不安。当面试结束后，我才敢抬头看面试的学姐。学姐看着我抬起头，笑着说："你说得很有条理也很有见地，但是……"一听到"但是"这两个字，我的心好像坠入了冰窟。

"你为什么不敢看我呢？"

我本以为学姐会点评我叙述中的错误，结果她却只说了这样一句话，我不知道怎么回答，只是满脸通红地说："对不起，学姐，我有些紧张。""不要怕，告诉我你觉得自己说的观点是你想说的吗？"

我点了点头。

学姐笑着点头："那就行了，你要把你想说的用你身上的每一个毛孔说出来，不仅仅是语言，还有你的眼神、你的手势。辩论是一门艺术，除了逻辑上的博弈，很多时候还需要气势上的优势。你想说的，一定要自信地表达出来！我希望下一次见到你时，你不仅有辩论的思维还有辩论的气场。"

4

那场面试让我第一次接触到大学社团，也给我上了一堂课。

很快，我就得到了第二次与学姐见面的机会，全寝室只有我通过了辩论队的面试。复试是一场小型的辩论，候选人根据考题相互辩答。

我进入复试考场时，才知道为什么会有人紧张得忘了词，考场很大，坐满了从大二到大四的辩论队队员。我仍旧很紧张，手心都是汗，指尖却是凉的。但我知道，战胜自己就在此刻！

我把准备好的稿子翻了过来，只留给了自己一片空白。我默念着加油，场上的我似乎完全不一样了，虽然说话时还是带着颤抖，但我已经可以直视对手，可以看着场上 20 多位辩论队队员说清楚我要表达的观点。

当最后一个尾音落地，当对手跟我一起走出考场时说“你好厉害”时，我终于意识到，真正的脱胎换骨已然开始，我勇敢地迈出了第一步。

我在大学里做过班长，当过学生会干部，在报社做过实习记者，写过书，在电视台兼职做过编剧。我还是那个偶尔会羞赧的我，只是我不再害怕表达。

我意识到所有的交际都需要正确而真诚的表达，我想要的东西，想要做的事情，都要正确地表达出来，然后为之努力。所有的自卑都来自对自尊的小心维护，但自尊与自信不是别人给的，而是自己用现实的荣誉和工作成果换来的。

自卑的背后都有着一朵稚嫩而孱弱的自尊之花，但只要勇敢地迈出第一步，让花儿不再躲在阴影之下，便是另一番天地。

得不到的肯定，那就算了吧

甜不辣

1

国庆假期时，我回了一趟家。在此之前，回家一直是我假期规划的最后选项，我甚至庆幸每逢长假火车票都很难抢，这样我就可以装作遗憾地对父母说：“我实在买不到火车票，只能下次再回来了。”

但我没敢说的是，我不敢回家的真正原因其实很简单，就是两个字：心虚。当然，我并没有做什么违法乱纪的事情，只是每次假期都会让我想起大学毕业后的第一个春节。

记得每年春节前后的电视广告里，都有这样的画面：子女笑容满面，双手拎了各种礼物回家，家里一片欢声笑语。我一直觉得这就是成熟的象征，孩子面对父母没有害怕和局促感，也不再让父母皱眉和摇头。于是，工作后第一次回家过年时，我像广告里的人一样，穿着新衣服，提着各种礼盒，吃的、喝的、穿的、用的一应俱全。我倒不是想证明什么，就是觉得我长大了，工作还不错，也能给家里的人带礼物了。

到家后，屁股还没坐热，母亲的一句“钱还没赚到，就先学会大手大脚了”，瞬间把我打回了寒冬。此后，我每次回家的心情都像是小时候在池塘边玩了一裤子泥，或者是初中月考没考好一样，回家的路程也因此变得漫长又沉重。

长大后，我才真正理解小时候学的那一句诗“近乡情更怯，不敢问来人”的含义了。成年人的心虚并不需要做错什么，有时仅仅是因为“不够好”三个字，至少不是父母眼里的那种好——“你姨外婆的大女儿在银行年薪 ×× 万”“邻居张姐的孩子，就是你小学隔壁班的那个女孩，第一年就考上公务员了”“我又没让你跟人家谈对象，见一见、吃个饭总行吧”……

所以，我经常觉得长大挺好的，至少可以选择逃离，和家人保持着遥远而友好的关系。

2

小时候，我就没那么幸运了，那时候家长圈里正盛行挫折式教育，逻辑是“既然长大后要遭受社会的‘毒打’，不如从小先习惯家庭的‘毒打’”。

当时，我家的书架上都是些“狼爸”“虎妈”的教育心得，内容无非是在冰天雪地里让孩子不穿衣服跑步，从而锻炼意志力之类的。我庆幸自己是一个女孩，至少跑步的时候父母还会让我穿上衣服。

好在一直以来我成绩都还不错，因为成绩不好而挨骂的次数很少，但我总能听到这样的话，“考了第三名有什么值得骄傲的”“并列第一就不是真正的第一”“作为一名学生，考试考得好是你应该做的事情”“要不是我和你父亲严格要求你，你早就不知道飘到哪里去了”……

所以，虽然小时候我对只要好好学习未来就能搞金融、搞互联网等这些成年人世界的观念是一无所知的，但我深深地知道，好好学习意味着能让父母开心，能被老师和同学肯定，这远比虚无缥缈的“长大后找一份赚钱的工作”重要得多。

3

很长一段时间里，我都把“好好学习”作为一个万能的解决生活难题的方案并最终考入一所不错的大学。大三的时候，身边的同学都在规划未来的去向，我跟母亲聊要不要读研这件事，因为本科阶段很少有真正意义上钻研学术的机会，所以我甚至还天真地考虑了一下读博，没想到母亲面露难色地说：“等你博士毕业都多少岁了，那时候结婚有点迟了吧。”

我说：“我还小呢，谈结婚也太早了，八字都没一撇的事呢。”

母亲打断我：“到时候别人都结婚了，就我女儿没结婚，我多没面子啊。”

我忽然想起就在3年前我上高三时，母亲还在告诫我：“千万不要早恋，影响高考的话，可就前功尽弃了。”

那天，我明白了两件事：一是通过学习获得认同这件事大概只能持续16年左右，他人对你的期望是随时可以转向甚至消失的；二是我结婚不是为了自己，也不是为了爱情，是为了那些可能会笑话我的人和让母亲丢面子的人。

4

之前，我在网上看到一个讨论帖“你最渴望从父母那里获得什么”，我原以为底下的评论大多会是物质上的支持或情感上的爱与关怀，但其实大部分人想要的仅仅是来自父母的认同。

是的，我们不需要父母以爱之名为我们安排好一切，不需要父母为了我们省吃俭用过苦日子，甚至不需要父母对我们表达爱和关心，父母只需要认可我们的生存方式。对我们来说，这就足够了。

可越是随着年龄增长，大多数人越能感受到的是：认同的门槛越来越高了。学生时代，只要成绩不错并做一个听话的孩子就能获得他们的认同；长大以后，父母眼里的人生赢家是工作钱多、事少、离家近，还有编制，是“一年结婚、三年抱俩”。随着离家越来越久，我们和父母之间观念的差距也越来越远，毕竟 10 年间连穿搭风格都能变一轮，更何况是两代人方方面面的观念。

我还是会在假期的时候回家，耐心地听父母唠叨，并试图改变他们，实在不行也没关系。当年为了好好学习而付出的努力并没有让我满足父母的期望，却让我在毕业以后有了更多的选择，至少我有了在远离家乡的城市独立生活并开启自己事业的底气。

如果你要问我大学毕业后的这 3 年里学到的最重要的道理是什么，我会回答：“比起获得认同，更重要的是过好当下的生活并喜欢此刻的自己。”

所以，如果有人说你“不够好”或者你正为此感到困惑，可只要你现在做着自己喜欢的事情，或者你心里已经有了奔赴的方向，那你一定要告诉自己："我还蛮不错的。"

是沙子也会发光

likelly

我时常回想，在我的人生里是否存在所谓的“高光”时刻。但想来想去，一无所获。

如果说人生是一条河流，有时波浪起伏，有时静水流深，总之高潮和低谷总是交替进行，只不过有些人的河道流经蜿蜒险峻的峡谷，有些人的河道途经宽广的平原。我就很不一样了，回看我的人生，四平八稳，古井无波。

从小到大，存在于我记忆中的人生亮点，都是一些无关紧要的小事。它们密密匝匝地分布在我的每个年龄阶段，以及各种各样的日常琐事里，像均匀地撒在海岸上的沙子。

我一直给自己的定位是一个“普通人”。如果大脑中的记忆储存区可以像电脑硬盘一样进行搜索的话，在我的记忆里搜索“高光”，得出的结果大概率是一堆接近却无一准确的记录。

比如，八岁的时候，我第一次跟父母来北京。回程的那天，我们提前到了西客站，在广场上排队取票。我手里拿着母亲买的一瓶矿泉水，大太阳晒着，我很快喝光了水。这时，走来一个拾荒的老人，问我这个瓶子可不可以给她。我递过去，她手里捡垃圾的木夹子却落了地，我顺手捡起来给她，却没想到招致父亲的一顿呵斥："脏不脏？什么人的东西你都捡！"他很生气，老人站在一旁连连道歉。我虽然知道父亲是在担心我，但内心深处不自觉地泛起一阵委屈。"老奶奶不脏！"我大声反驳。那是长这么大，我第一次公开跟父亲唱反调，但那一刻，我觉得我是对的。

比如，高二的那个夏天，我蹲在教学楼后面的树荫里，对那个因为被怀疑打小报告而被大家排斥的姑娘说，"我相信你"；实习的第一年，在进入展会参观前，我偷偷替逃票的同事补了门票……我从来便是如此，平凡却又骄傲。

我总觉得，一个人的力量，虽然微薄，但在一些我们的力量足以匹配的事情上，可以选择拒绝、抗争，或者伸出手，做一些我们每个人都能做到的事。

就像退潮时，总有沙子拼命抵抗潮汐的力量，选择留在沙滩上。而在月光下，这些平平无奇的沙子，也会折射出像珍珠一样银白的亮光。

我要找到你

艾　润

一

你知道酷到没边的姑娘是什么样子的吗？对我来说，就是小树的样子。想起她来，我找不到任何可以修饰的词，又模糊又清晰，清晰的是她的脸，模糊的是我对她的定义以及我们之间的关系。

2007 年，我遇见小树。她提着一麻袋书，拖拖拉拉地往校门外走，被门卫拦住要求出示学生证。

学校的管理很严，平时只有走读生可以出校门。住校生如果要外出，必须找班主任开证明。小树把麻袋扔在地上，翻来翻去终于找到了学生证，将学生证递给门卫的时候，气冲冲地说："不用检查了，我退学了，以后都不会出现在这个校园里了。"

当时距离下午上课只有 5 分钟了，我手里还拿着从校门口小店买的烧饼。我喜欢那家店的烧饼，老板会在上面撒很多很多的白芝麻，为此我不惜冒着被老师查出来的风险，借了走读同学的学生证出门。

趁着门卫盘查小树的片刻，我做了漏网之鱼。

走过门卫处的时候，我咬了一大口烧饼，边吃边想：这个姑娘真奇怪，拿个麻袋装书。

我怎么也没有想到，后来还能看到小树的麻袋。

三天后，她又拉着她的一麻袋书，被班主任带到了我们班。据说退学没成功，她爸妈托人让她转了班。

小树并没有因此安定下来，做个“好好学习，天天向上”的乖学生。她上课睡觉，下课嚼口香糖，吸一口气，发出一声响。

我坐在她前面，被吵着了，试图找她理论。她不屑地扔给我一颗口香糖，意思是，要不你也吃？脸上带着一种让人捉摸不透的傲气。

我接了她的口香糖，莫名其妙地和她成了朋友。说是朋友，其实不过是比别的同学能多和她说两句话而已。

她那么冷淡的人，哪里有交心的朋友。青春期的女孩子，自尊心敏感到比纸还薄，谁也不会愿意为了注定亲密不起来的同性，贴上自己的热脸。

小树和我说话，也仅仅是讨论村上春树的书。

她喜欢读村上春树的书。大概那时候，班里只有我和她一样，愿意透过考卷的缝隙偷看课外书。

可惜这样的光景没过多久，她又退学了，这次来真的，她直接去找工作了。

她后来找过我一次。按理说，以我们的交情，不至于让她为了我重回学校。可她就是来了。我请她吃校门口五毛钱一个的小甜筒，她把外面一层脆皮嚼得嘎嘣响。我们坐在操场上，她问我，模拟考试还顺利吗？我问她，在外面工作开心吗？是不是可以赚很多钱？

她轻轻地笑一下，不回答。

我们都来不及多谈，就被打着手电筒巡逻的老师发现了。

那时候，她的头发剪得很短，她个子又高，穿着黑色的运动外套。老师把我们当成早恋的男生女生了。

她站起来，拍了拍屁股上的灰尘，冲着光源吹了下口哨，扭头对我说："学校依旧是这么没劲啊。"

没有告别，她已经转身。

二

再见到她时，我已经读大二了。不知她通过什么途径找到了我的联系方式，说要请我吃饭，第二天就风风火火地出现在我们学校。

吃了什么不记得了，我就记得她垂着头坐在我面前，说要参加成人自学考试，想学英语。不知道是什么让她有了这样的转变，但我觉得这是好事。

吃饭的时候，我注意到她的手。才 20 岁的女孩子，手上已经生了厚厚的茧子。她从来不提她的工作。但我想，那应该是辛苦的、不那么开心的工作。她的脸上已经没有了当年对着老师吹口哨的精气神。

喝奶茶的时候，她不停拿吸管戳着里面的珍珠。我问她："你还喜欢看村上春树吗？"她回给我一个放松的笑容："看呀！"

"那就好。"我觉得开心，那个小树还在。即便走远了一些，模糊了一些，甚至可能走丢了一些，但幸好还在。

青春有时候看起来年轻又灿烂，可事实上做的都是无趣的事。能有那么一点点在心上烙下痕迹的闪光点，总不舍得丢掉。

我不舍得丢掉和小树之间唯一的那点关联，虽然我们看起来完全算不得什么密友。可她记得我，我也记得她。

三

她后来找我借过一次钱，买了一大兜零食给我，犹豫了好半天才说出口。我把我当月的生活费以及做家教领到的工资都给了她。

她拍拍我的肩膀，说："我会尽快还给你的。"

我没问她借钱做什么。哪怕我们之间的情谊不深，但她那么敏感的人，不到万不得已，不至于向我开口。我从来不舍得用任何犹疑的念头来对待我在意的人。

是的，我是在意小树的。虽然我们几年时间只见过几次面，我完全看不到她的世界是什么样的，可每次见面，我能读懂她的慌张、困惑，以及试图剖析自己却总不得章法的为难。她只是不擅长表达罢了。

小树把钱还给我的时候，我大学都要毕业了。我当时在宿舍里打包行李，对着一大摞书不知如何是好。

她不知道从哪儿鼓捣了一辆皮卡车来帮我运东西。我问她怎么知道我需要搬家。她在帮我收拾桌面时，手里攥着一个小玩偶，说："我猜的，你大四了呀，看到你们学校官网上说毕业生要离校了。"

你看，有些时候，她又比谁都细致。这些事情，明明可以直接打电话问我的。

她就像一个跟自己较劲的小孩子，也在跟这个世界较劲。明明心里存着好多好多善意，呈现给外人的却总是凉意。

那个玩偶，是有一年我过生日她送给我的。她下了夜班匆匆跑过来，把玩偶递给我说："就是个小摆件，不贵，你不要嫌弃。"

那一年，她还在一家饰品店做导购，薪水微薄。

小玩偶一直放在我的桌子上，不小心碰到地上过，没有破，一点都没有。就像我和小树，彼此从来没有掏心掏肺过，甚至不具备互相亲近的点，但我们之间的线有一股韧劲，总也没有断。

小树参加了成人自学考试，从专科考到本科，也自学了英语，渐渐开始接到一些翻译的活儿。她赚得不算多，但总算摆脱了之前的颠沛，正式对人生有了盼头。

有一天，我们去吃火锅，过马路等红灯的时候，她突然说道："其实我挺后悔当年辍学的。那时候，我以为不用读书也能混出个样儿来，事实证明，我只是个普通人。"

绿灯亮的时候，我看着她说："我们都是普通人，跟读不读大学没关系，关键是普通人要学会喜欢上自己，你喜欢自己吗，小树？"

一直到烟雾缭绕的火锅店时，我都没有等来她的答案。

羡　慕

二　笨

我好像从小到大都很不合群。

每次提起童年，身边的人总能侃侃而谈——看过什么动漫，打过什么游戏，被哪位可怕的数学老师刁难，考试永远答不出哪种类型的大题；而我就像失忆了一样，再怎么回想，脑子里也只有一幅画面。

我哥和邻家哥哥在胡同里打篮球，我坐在门槛上看他们打球。突然球不知从谁那里脱手，直接砸到我脑门上，我顿时感到天旋地转。过了几秒，再睁眼，一群人正围着我看。我哥说："你醒了？现在是2020年了。"我说："啊？"他表情放松下来，大大咧咧地冲我脑袋又拍了一巴掌，说："没事儿，没傻。她本来脑子就不好，顶多再迟钝一点儿。"大家笑作一团，继续勾肩搭背地打球去了，留下我还在傻乎乎地想：他刚才是不是在骂我？

其实，我是羡慕我哥的，羡慕他总能轻易地和别人打成一片，羡慕他总是那么有"梗"，一句话一个段子，活像长在众人笑点上的人。

我也在努力成为这样的人。

高中的时候，我后桌的同学成绩很好。

能考进同一个班级，大家的实力本不该太悬殊。至少从成绩大榜上看，他不是第一、第二。但这个人可怕就可怕在，他是真的不学习：上课永远在睡觉，书包里总是空的；逃课、失联、夜不归宿是家常便饭，他妈妈时不时就要打电话给班主任，询问他有没有到学校；就连“一模”考试，他都是在考试前一天才向同桌借了课本，然后如同“人肉扫描机”，从第一页翻到最后一页，考完成绩一出，数学134分，理综268分。

他的同桌，一个每天兢兢业业刷题，却不知为何总是落后他两个名次的少年，在一次又一次的强烈对比后，心态终于崩了，某一天很突然地向学校申请休学。他苦笑着对我们说：“天赋这个东西，确实羡慕不来。”

这话听着很通透，可直到毕业，我再也没见过这名同学。

我还羡慕过一个人，或者说一类人。

她到底是谁，我已经记不清了，只记得我当时急着交一篇短文作业给老师，却怎么写都像是往牛奶里倒醋，极其不对味儿。正巧有个朋友找我聊天，我便随手给她截了第一段，她说“等等”。然后不到两分钟，对话框里跳出了新版本。还是那个故事，还是那几句对白，可经她一改造，就仿佛顶着鸡窝的美人重新梳妆，画风变得温柔又俏皮，我一个手握剧本的人都被勾得心动不已。

有人会写故事，有人会讲大道理，有人能把阳光、微风都描绘得妙趣横生，有人深夜发表几句评论都有几万人产生共鸣；而我，每天光是日常表达都觉得精疲力竭，恨不得把脑门换成LED显示屏，一句话后加上一万句注解。

我真是太羡慕那些能轻松驾驭文字、清楚表达自我的人了。

我把以上故事讲给室友听，她表情浮夸地说："你知不知道我好羡慕你？我羡慕你长得讨喜又有亲和力，羡慕你一开口就显得很真诚。一起出门时，哪怕是路人问路，同行无论多少人，路人都只会问你。"

我说："这有什么值得羡慕的？我还羡慕你勤奋自律呢。"

她说："那不就得了。羡慕都是因为自己没有，可谁又能真正拥有全世界呢？"

大家的日常不就是你羡慕羡慕我，我羡慕羡慕你嘛，只是都嘴硬不愿意说，也没必要说。也许哪天绷不住，就开诚布公地谈一谈了。

嘿，这是不是传说中的"能量守恒"？

我和我周旋许久

夏　眠

如果你驯服了我，我们就互相不可缺少了。对我来说，你就是世界上唯一的了；我对你来说，也是世界上唯一的了。

——《小王子》

我的心里有一只小狐狸，狡猾又犀利。它悄悄地埋伏在我意识的最深处，窥伺着我所有的秘密。我曾对它一无所知，无忧无虑地过着平常的日子。

如果要用一个词来形容儿童时期的我，多半是“乖巧”，至少在长辈面前，我是那个听话、不会惹爸爸妈妈生气的孩子。妈妈眉飞色舞地讲述，我3岁之前就是乖乖坐在爬行垫上，玩着乐高、拼着拼图，等着长辈过来抱我的乖小孩。入学后，我每天按部就班地上课，写作业，最多只是找相熟的小伙伴玩闹一阵。

“这么乖，成绩肯定也不错。”“喜欢看书好！喜欢看书的女孩能静得下心学习！”每当有大人这么夸我，我都会感觉脸上有些微微发烫，继而会冲进书房，拿起书，好像承担着了不起的使命，逐字逐句地读着眼前的书，恨不得一个字又一个字地啃下去。

久而久之，我也养成了读书的习惯。当学校推荐阅读的书还是《钢铁是怎样炼成的》时，我已经从爸爸的书架上翻出了《安娜·卡列尼娜》。爸爸见我双手捧着他的藏书，浅浅地笑着说："读列夫·托尔斯泰的书对你而言太早了，你看得懂吗？"

"我会读懂的！"我是梗着脖子这么说的。安娜灰色的、含情脉脉的眼睛，还有参加舞会时震惊四座的美丽都让我沉醉。至于伏伦斯基、列文……我通通不关心，也不想看他们的故事，可是为什么我要逼迫自己读下去呢？大概是因为每周五上午的读书分享会，老师的结语都是："大家要多向夏眠学习，多读名著，这样才会提高文学修养。"我在老师的夸奖和同学们的注视中，挺直了脊背。

就在那时，我第一次发现了小狐狸。小狐狸盘坐在我的心头，嘲笑着我："你根本不喜欢读列夫·托尔斯泰的作品，你喜欢的是童话，是迪士尼的公主，是美丽的洛可可长裙。"我对它说："闭嘴！"

此后，我好像在和小狐狸进行着一场旷日持久的躲猫猫。当我集中注意力想要抓住它时，它消失得无影无踪；当我快要忘记它时，它又会从心房的一角钻出来，转动着毛茸茸的耳朵，对我冷嘲热讽。

"得了吧，你并不喜欢英语，而且也没什么语言天赋。""你根本就不懂！"我大声地轰走了心里的小狐狸，抬起头，笑着举起装着可乐的杯子，和妈妈的好朋友碰了碰。阿姨豪爽地拍了拍我的头："你能考进外国语学校，绝对不只是英语好，数学一定也很好。不像我的女儿，数学就没及格过！"

"我会努力的！"我一边说，一边喝完了可乐。可乐中的气泡冲击着我的鼻腔，差点儿把我的眼泪给激了出来。恍惚间，我看到了自己 62 分的数学考卷。

那天之后，我好像中了邪一样，拿着自己最讨厌的数学书反复看，从因式分解到二次函数，那些符号好像一个个搅拌机，搅和着我的脑细胞。我的数学成绩倒是真的稳步提高了，稳稳地停在 90 分左右，再难往前一步。

“看！我还是喜欢数学的吧！”小狐狸不知在哪里冷笑一声：“咱俩走着瞧！”

数学课无论我的基础如何，我永远偏爱寻找第二种解法；英语课无论老师如何强调精准，我还是喜欢堆叠长长的从句。这些执念，毫无道理，却又根深蒂固，就和有些人的学科偏见一样：真正成绩好的学生会选理科，只有理科成绩不好的人才会选文科。

“我要选理科！”我毫不犹豫地选择了自己的方向。“你这样会毁了自己的。”小狐狸又出现了，趴在我的心头，用尖利的爪子划过了我的心脏。我没有反驳，只是沉默，我不想和小狐狸做口舌之争了。

我加入了一个线上读书会，主题是哲学或者人类学，每到周末的傍晚，大家就会在群里分享自己读书的心得。我羡慕地看着他们讨论萨特、托克维尔，捧起在图书馆借的《社会契约论》，仿佛看到了小时候读《安娜·卡列尼娜》的我，再晦涩再难懂，也要一点点地读下去。

日复一日，我和读书会里的一个女孩熟悉起来，她好像春天的泉水，源源不断地冒着春意，尽管我俩从未见过，却非常投缘。她得知我的烦恼，有些无语，又觉得不可思议。

“读不下去就别读了啊！”“读一本自己喜欢的书，干吗折磨自己啊！”我心里好像裂开了一道缝，然后迎接了多日后好像天降流星一样令我震惊的消息。

“我从香港大学退学啦，准备重新参加高考，目标是北京大学！”我愣在那里，如同眼看着流星狠狠地砸在冰面上，冰面四分五裂，冰面之下的海水波涛汹涌。

“你不再考虑一下吗？”“考虑了好久，我知道有人会觉得我傻，可是我干吗在乎别人的看法，人生是我的！我不必成为别人眼中的自己。”

那晚，我和她谈了很久很久。第二天，我不再读卢梭的书，整个人感觉如此轻松。我不再把漫画书放在书架的最下面，而是大大方方地搁在桌面上。我加入漫画群，热火朝天地和漫友们讨论《全职猎人》的下一话主角们又会去往何处冒险。

小狐狸乐呵呵地看着我，它慢慢靠近我，舔了舔我的脸颊，收起尾巴，卧在我的怀里，不再躲藏，也不再和我周旋。它一直陪伴着我，陪伴着我自学日语，陪伴着我成为字幕组的一员，陪伴着我开始写自己的第一个漫画脚本。

某一天疲倦时，我打开了一个网站，偶然看到了苏联版的电影《战争与和平》。当年令人烦躁的列夫·托尔斯泰竟然变得可爱起来，我滑动手指，在网上买了一本《战争与和平》。

那一刻，小狐狸心满意足地打了个哈欠，眯起了眼睛。这次我会读完这本书的，因为我喜欢。

我后悔曾那样欺骗你

花落夏

零点整，手机振动了一下。我在漆黑的宿舍里伴着舍友沉重平稳的呼吸声，在枕边摸索出手机——果然是来自她的生日祝福。已经连续三年了，只有她一个人分秒不差地给我发来生日祝福。

我紧攥着手机，一字一句地默读着她给我发过来的一长串话。莫名地，泪水就噼里啪啦打在了手机屏幕上。

高二时，她是我后桌。在班里她不太爱说话，每次有人找她聊天，她都只会嘿嘿傻笑，一言不发，交到的朋友也少得可怜。大家都觉得她傻傻的。可是她对我很好，可能是因为她数学不好，而我作为数学课代表给她讲过几次题。她喜欢和我站在一起，也常会从家里带小零食塞给我一份。每天上厕所的途中，我无意中哼起的乱七八糟的小调，也只有她会跟在后面拍着手说“好听”。如今我才后知后觉，在她那段孤独到无人理解的青春里，我可能是她唯一的朋友。

但说到底，我对她是有所辜负的。那时她学习很用功，但可能是方法不对，成绩一直不见起色，徘徊在班级中下游怎么也上不去。我知道她很着急，每天都能听见她拿着习题册到处问周围的同学，却很少有人帮她解答，不是因为真的不会，而是因为她反应太迟钝了，一道题至少要讲三遍她才能明白。慢慢地，周边的同学也就不愿意浪费那么多时间在她身上了。

她问得最多的人应该就是我了。有一次数学课下课后，她问了我一道老师刚刚讲过的数学大题。在她把演算本递给我的时候，我暗暗在心里纠结了起来，昨天布置要背的英语单词还没来得及背，考不过的人是要被老师请去办公室的，而且那道数学大题很难，老师讲完了也没有几个人听懂，不知道给她讲几遍她才能听明白。于是，我迎着她满脸期待的表情，不露破绽地立刻皱着眉头说："这道题我也没听明白，要不你再问问别人吧？"好在她没有怀疑，说了句"好吧"，便失落地收回了演算本，独自看着那道题沉思。只靠下课那 10 分钟，我自然未能背完那一整页单词，还是被老师请去了办公室。

在那之后，我像是突然找到了推托的方法，每次都对她提的问题做出同样疑惑的表情，然后附带一句"这道题我也没太听懂，你问问别人吧"。她也从不怀疑，一个人咬着笔帽在演算本上一遍又一遍地算。有时候突然找到了解题思路，她还会一脸欣喜地给我讲解，我只好随声附和。

高考前一个月，数学课上老师讲了一道十分难的大题，说让同学们课后都弄明白，第二天会叫同学上讲台复述一遍解题思路。那道题我听明白了，可是她下课过来问我的时候，我还是故作疑惑的样子说了句："不太明白，我还得再看看。"她点了点头，还说我们两个谁先弄明白就给对方讲，我笑着说了声"好"，转身却一头扎进作业堆里，把这件事情忘了个干净。

直到第二天数学课，老师真的开始叫同学上讲台复述昨天那道题的解题思路时，我才想起了这件事情。老师喊到她名字的时候，我也跟着打了一个激灵。她缓缓地站起身来，在老师的注视下，低着头说："老师，我不会。"我咬了咬嘴唇，心里像是刮起了一阵大风，乱乱的。我还没来得及想用什么言语去安慰她，下一秒，老师就喊了我的名字。那一瞬间，我感觉我的呼吸都停止了。

站起来的几秒钟，我的心里像是经过了一个漫长的季节。在众目睽睽之下，我像机器人一样机械地走到了讲台上，毫无感情地复述了一遍那道题的解题思路。伴随着数学老师和同学们的鼓掌声，我呆呆地站在讲台上。从讲台走回座位的过程中，我低着头，脚步迟缓，没敢看她。

我以为我们之间的友谊会就此走到尽头，可没承想下课后，她面带微笑地主动来问我那道题的做法，甚至还一脸委屈地说："怎么办，你讲得那么清楚我还是没明白，能不能再给我讲一遍啊？"不会有人知道，在那一瞬间，我偷偷地偏过了头，泪水打在了校服上。

对不起啊，我那么轻易地辜负了你对我的好，而你却不责怪我，就那么轻易地原谅了我。

好在后来我们高考都考得不错。

如果时间能倒流，我一定不会留下你一个人。两个人手牵着手，即使走得慢，但因为有彼此的陪伴，也会走得更远吧。

坦然承认“我想要”

陶瓷兔子爱丽丝

1

有个读者跟我讲过一件事。

她拉上一个舍友去超市买东西，挑完自己想要的东西之后，客气地招呼了对方一句：“你有什么想吃的一起拿上呗，我请客。”舍友就去拿了一些零食，坦然地将零食跟她的东西放在了一起。

舍友买的东西中，好几种都是她平时舍不得买的进口零食，可请客的话已经说了，她咬牙结了账。结完账，她又觉得有点不是滋味。

我以为这只是小女孩之间敏感又尖锐的斤斤计较，问她：“你是觉得她不该把你的客气话当真吗？”

她摇头：“不，不是的，我说这句话的时候的确是真心的。

“不是觉得自己吃亏了，也不是埋怨她不懂事，只是还挺羡慕她这样的人。想要什么就去拿什么，每一句话都是真心实意，脑子里没那么多弯弯绕，也不会死要面子。

“可我不行，哪怕也是被别人诚心实意地邀请，我也会装作无欲无求的样子，立刻回答说‘哦，我没什么想要的’，连瓶水都不会拿，哪怕自己一会儿还要再跑一趟来买。一边觉得自己很清高很有礼貌，一边又深恨自己好假好虚伪。”

2

我人生中第一次体会到这种微妙的纠结感，大概还是在七八岁的时候。过年跟外婆一起去亲戚家串门，为了让我看上去像个大家闺秀，外婆早早就开始教导我：

“人家问你想吃什么，那是客气话，你就说家里都有，别给人家添麻烦；

“别人让你吃糖，你要说‘谢谢，我不要’。人家随口一说你就伸手去拿，那样很难看；

“别人给你压岁钱，你一定要推让两三次，除非人家硬塞给你。”

我至今还记得去串门的那家，有个很漂亮的大姐姐，她在俄罗斯工作，带回来很多我从来都没见过的糖，放在一个很漂亮的铁皮盒子里。从我们一进门，她就招呼我：“来，吃糖。”

我牢记外婆的叮嘱，假装淡定地推辞，只是眼巴巴地盯着她，盼着她能像长辈们那样，有种不由分说的热情，把糖抓起来塞进我的口袋里。

如果眼神有热度，她大概早就被我盯成了放大镜下被烤焦的蚂蚁。但那天去她家的客人很多，她把糖盒子放在我身边的小茶几上，说了一句“你想吃的话自己拿呀”，就转身出去招呼其他人了。

不断有别人家的孩子跑过来拿糖，那个盒子很快就空了。剩下一两颗的时候，我差点没忍住就要伸手去拿，但立刻被外婆警告的眼神制止了。

我也记得那天外婆牵着我的手回家时，略带鄙夷地说起那些不停跑过来在盒子里抓糖的孩子："那些猴孩子，一看就没见过什么世面，随便就拿人家的东西吃，真没礼貌。"

可什么才是见过世面，什么才是有礼貌呢？

是口是心非吗？是死要面子吗？是明明被邀请，还偏要装出一副"我不稀罕"的模样吗？

我不知道，只是满心怨恨着那个漂亮姐姐。都是她，不把糖塞给我；都是她，不多邀请我几次；都是她，嘴上客气但行动上一点也不真诚。

3

上大学的时候，我有个关系挺好的舍友，特别爱丢三落四，常常找我借各种各样的小东西，每次我都会立刻停下手头的事把东西拿给她。

有一天晚上，我发现衬衣的纽扣掉了一颗，正好她不久前才买了针线包，我就问她借。她当时正在低着头做题，随口回答我："我正做阅读理解呢，针线包在抽屉的最外层，你自己拿。"

又是自己拿。

当年没好意思在那个盒子里拿出糖的我，始终也说服不了自己去拉开别人的抽屉。我站在那儿等了一会儿，看她还不起来帮我拿，就赌气换了衣服去超市买，走的时候还听到她在说：“不就在最边上吗？难道是我塞里面了？你把抽屉拉大点儿再找找。”

如今回想起来只觉得好笑，但当时我是真的好生气。我也无法向她解释自己千回百转的内心戏，只好冷冷地说一句：“你架子可真大，问你借点儿东西这么难。”

她也是暴脾气，当场回怼我：“我不都说了我忙着呢你自己取吗？怎么样，还非得我跪下来，双手把针线包举过头顶给你才算真心？”

4

很多年之后，我们见面时还会聊起这个梗，她说：“我记得那个时候，你好难打交道啊，一身的古板拧巴，感觉像是上一代的人一样。”

是她这句话猛然点醒了我。

在我外婆的童年时代，“来吃糖”“吃完饭再走”真的就只是有客套没真心的邀约。毕竟家家物资都紧缺，人人都有眼力见儿，只有少数不懂事的，自然就成了公认的没眼色和没礼貌的人。

但如今的时代不是这样的。邀你吃糖，请你吃饭，让你自己拿东西，都是实打实的真心。你不接受，对方就会觉得你是真的不需要，而不是欲擒故纵的手段。

我带着上一个时代的价值观长大，却更偏心后者。想要就是想要，不怕承认自己有欲望，更不怕落下人情债。

有来有往，才有了情谊，才有了了解，才用不着反复纠结、来回猜测，在“我要的是梨，你给我的是菠萝”的拉锯战中耗尽热情。

毕竟人与人之间，不仅有真诚的付出，还有坦荡的索取和坦然的接受。

敢要的人，才接得牢。

谁不曾仰望月亮

林 晚

6 月，空气中的热浪涨潮般接连涌来，令人不敢大口呼吸。我用校服上衣把已经沾满汗珠的头紧紧地捂住，试图隔绝耳边那些比燥热的空气还令我心烦的喝彩声和欢笑声，让自己的世界清静下来。

一路成长，我发现似乎班里总会有这样的人，他们长得好看、学习好，与同学相处融洽，是老师不管过了多少年仍会和后来的学生提起的值得他们骄傲的学生。

李心灵就是这样的人。不过是最近一次的月考中英语考了全校第一名，一下课几乎所有同学都围上来了。欢声笑语间，有人在询问学英语的技巧，有人在夸大其词地赞美她的优秀，甚至还有人预言她高考英语会考满分。我在校服之下的黑暗中闭上眼睛，烦闷却怎么也止不住。果然，鲁迅先生说的没错："人类的悲欢并不相通，我只觉得他们吵闹。"

伴随着上课铃响起，同学们恋恋不舍地回到了自己的座位，我终于得以从校服底下"重见天日"，在黑暗中紧闭的双眼还没来得及适应光明，一块巧克力就影影绰绰地出现在我眼前。

“这是刚才李慧给的，她让我帮她补习英语，给你一块。”客观来说，李心灵的笑容很美，白皙的皮肤就像含苞待放的花朵般细嫩，但此刻我怎么看她都像是一个在炫耀自己的坏心肠巫婆。

于是我毫不在意地挥了挥手，一脸不屑地推走了她递过来的巧克力。

因为一时冲动，我和李心灵的友好同桌情谊就此画上句号，两个人陷入了前所未有的冷战期。我倒是觉得满意，通过上次的事情，我终于发现自己一直不能和李心灵交心的原因是我内心深处的那一点儿嫉妒。我每天看着身边的人接受着老师的夸奖、同学们的崇拜，表面上在微笑附和，其实内心的嫉妒早已埋下了种子，生了根，发了芽。倒是李心灵，三番五次地想转过头来和我说话，但看到我一张脸冷冰冰的，她也就没了说下去的欲望。

数学课上，老师发了上个月的月考试卷，不过是离开座位前随意瞟了一眼，我便心花怒放——李心灵只考了 90 分，而我考了 111 分。确实，在我们这个高手云集的班里，数学 111 分实在称不上是什么高分，但是比李心灵的分数高，我就感觉自己坐在她旁边，瞬间高大了起来。

在我将 111 分的数学试卷故意来回来去地翻到第五遍的时候，李心灵终于放下了一直端着试卷的手，趴在桌子上，抽泣起来，像被抛弃的小猫，身子一耸一耸的。

我的炫耀到此结束，我慌慌张张地把试卷塞进书包，大脑飞速思考着该怎么安慰她。只是，我还没出手，就已经有人发现了这一幕。

第一个人过来，第二个，第三个，第四个，第五个……瞬间，李心灵的座位被围得水泄不通，大家或真或假的安慰像雨点一般噼里啪啦落下来。我缓缓地舒了一口气，倒省得我亲自出马了。

一直到上课铃响起，周围的同学才纷纷回到自己的座位，李心灵把头从胳膊里抬起来，两只眼睛又红又肿，像被谁打了两拳。

“你怎么不安慰我?”她顶着两个红眼圈委屈地问我。

“刚才不是有那么多人都安慰过你了吗?”

“他们安慰的话都太好听了，我没有动力，你说点儿狠的。”

我翻了个白眼，随后转过头一脸严肃地说：“考得不好把眼睛哭成红灯泡有什么用?这能让你分数提高还是能让你直接进名校啊?有什么好矫情的，好好学就完了呗!”

听完我的话，李心灵抹了抹眼睛，说：“果然，忠言逆耳利于行。”说完，她就把数学试卷重新摊在桌子上，脸上一副必胜的表情，开始演算。

一道题还没算完，李心灵突然转过头，两只大眼睛紧紧地盯着我，盯得我发慌。随后她一脸为难地问：“我的眼睛现在真的像两个红灯泡吗?”

时间就这样静默了5秒，我和她都没忍住，笑出了声。

随着考试增多，李心灵很快就忘记了上一次的失败，开始全力以赴准备下一次考试。我也终于在几次考试之后意识到了自己的数学天赋，课余时间我坐在座位上不停地琢磨着数学试卷上的最后一道大题。

高考要到了，我变得沉默起来，每天不再去关注李心灵身边聚集的人群，而是开始全神贯注地投入学习，一分一秒都被我完美地利用了起来。李心灵每天座位旁有多少人我没注意，我知道的是，在我的不懈努力下，我的成绩终于开始从中等水平慢慢地向上移动了，而曾经那些因为李心灵产生的嫉妒、羡慕、自卑等心理也被我淡忘了。

这个世界，总有人比你优秀，你大可不必拿别人的优秀来折磨自己。

事情发生转折是在一个月之后，全市联考，我的数学成绩以 148 分排到了全市第一名。班主任在宣布这个消息的时候，我听见教室里发出了惊呼声。我有些发蒙，错愕间被李心灵拉扯着站起身，却不知道该说什么好。头晕目眩之时，我只听到了教室里震耳欲聋的掌声。

下课后，李心灵的座位旁再一次围满了人，但不是因为她，而是因为我，第一次因为我。我听见有人询问我学数学的技巧，有人夸大其词地赞美我的优秀，甚至还有人预言我高考数学会考满分。

我笑了。那一刻，我后知后觉地意识到，在我自己的世界里，我也是唯一的、明亮的、会被别人仰望的月亮。

低头行走的青春

安　宁

许多年过去，我依然记得那一段并不闪亮的青春。那些细节历历在目，长在记忆的枝头，仿佛月光下寂静的树木，每一片叶子，都在潮水涌动般的夜色中，散发着饱满动人的光泽。

15 岁，我考上了县里最好的高中，父亲用自行车带着我去学校报到。出村口之前，他推着车在村子的大道上慢慢地走，我跟在后面，和他一起向路上的人打招呼。父亲笑容满面，这让他看上去年轻了许多。他被人问了许多遍，也骄傲地大声说了许多遍，他的女儿考上了县一中，他要去送她上学，学费很贵，一年 800 多元。人们带着祝福，啧啧称羡，就在这赞美声里，父亲的脚步愈加轻松，好像他正走在充满希望的绿色田野里。他在这光芒万丈的麦浪中，像一个天真的诗人。

但父亲并不知道，在我的前面，将有怎样波澜起伏的青春。他送我到岸边，却无法陪我继续前面的行程，一切都将由我掌舵，划向 3 年后的高考。

那时，因为脸上开始长青春痘，我羞于抬头看人，怕被别人笑话，也怕自己难堪。看到对面有同班的男生走过来，我吓得赶紧低头，视线跟对方轻轻一碰，立刻躲开。我甚至因此有些驼背，好像一只卑微的虾米，每日缩在自己的壳里，背对着人，孤独地游来游去。

同桌是一个帅气的男孩。有一天，他打完球满头大汗地回来，翻开新收到的一本杂志，看到上面介绍一款非常流行的祛痘产品，便指着向我说道："你可以买这个试试。"或许，他只是无意中表达了他的关爱，但这句话落在我的耳朵里，却像一声惊雷，轰然炸响，我脸上的每一颗痘痘都被炸伤，鲜血淋漓。我的眼泪快要流出，但我强忍着，一滴都没有滑落下来。那个好心的男孩，永远都不会知道，就因为这一句话，我偷偷找到班主任，请求调座位。我宁可坐在靠窗的位置，不被老师们注意，也不愿跟一个善良地给予我关心的男孩坐在一起。那些代表青春的痘痘，每一颗，都写满了自卑。

我还得了严重的脚气，用了许多办法都治不好。为了缓解那种深入血肉的奇特的痒，我只能穿丑陋的黑色方口布鞋去上课。课上到一半，我常常忍不住解开鞋带，舒展一下痛苦的双脚。我不知道，这样一个细节，正被身后一双眼睛窥视着。那是班里一个成绩优异的男生，擅长写诗作词，常常在课下跑到讲台上，在黑板上龙飞凤舞地写下他对生命的呐喊。我从未想过，他会在某节晚自习写信给我。信里表达了对我的赞美，只是这些赞美里，夹杂着一句困惑："像你这样秀气文雅的女孩，为什么课上会做出脱鞋这样不文明的举动呢？"我的耳旁，又是轰的一声惊雷炸响。这一次，我哭了，而后仿照那个男生的语气，写下一封长信，用满腔的愤怒，反击他对我的"羞辱"。是的，那一句反问，几乎成为我整个高中时代的耻辱。为了雪耻，我将双脚伸向一种酸性药水，那是父亲求来的偏方。当我的双脚浸入，剧痛中，一层皮瞬间脱落。

伴随这种疼痛而来的，还有神经衰弱。我整夜整夜地头疼，无法入眠。父母并未将此放在心上，以为我只是缺乏营养，让我每天吃两粒鱼肝油丸。那时是高二，我的头疼了整整一年，我就在这种无人能够理解的疼痛中，日复一日地读书、考试，为了不知道会不会实现的梦想，不屈地努力着。有时候，母亲会来接我回家，她骑着自行车，我坐在她的身后。母亲总是絮絮叨叨："最近学习怎样，考试怎样？一定要好好学习啊，超过你姨妈家的两个孩子，为咱们家争气。"最后，她会犹豫着问我每次来接我时都问的问题："你觉得有希望考上大学吗？"

我怎么回答呢？我的心里也满是困惑和迷茫。我也希望有一个人陪在我的身边，给我鼓励，告诉我：你一定能行！可是没有人告诉我，原本应该给我鼓励和安慰的母亲，反而需要我来安慰。她的心里，跟我一样，起了漫天大雾。她想拨开那些云雾，看看前面是遍洒阳光的晴天，还是黯淡阴郁的雨天。

我从未让母亲失望，每次我都轻声但坚定地告诉她："有希望的！"

我低头行走了3年，最终，拨开那些悲伤、疼痛、自卑、失落、迷茫，给了母亲，更给了自己，一个确信无疑的答案。

你比你更精彩

余秋雨

你比你更精彩。第一个“你”，是真正的你；第二个“你”，是表面的你。

我真有这么好吗？很多人怀疑。

答案是，比任何再大胆的想象都要好。甚至可以说，即使是那些你毕生敬仰的人格典型，在你自己身上也能找到一半以上的种子。只不过这些种子后来可能受到外面气候的干扰，未能茁壮成长罢了。

你确实比你想象的更精彩。如果你将信将疑，我还会提供大量证据。

你迷上了一本书、一首歌、一幅画、一部电影，心里在崇拜这位作家、这位歌手、这位画家、这位导演，崇拜得很深很深。但是，你有没有想过，天下那么多书、那么多歌、那么多画、那么多电影，你为什么单单会着迷于这一本、这一首、这一幅、这一部？

答案是，你与这些艺术家的审美心理高度契合。有一种潜在的文化基因，使你们在瞬间打通了彼此的心灵秘径。

这种审美心理、文化基因、心灵秘径，为什么黏合得如此紧密，使你难以割舍？因为此间一半属于你自身。你痴迷于作品，是因为蓦然发现了自己的灵魂。

读书，就是读自己；听歌，就是听自己；赏画，就是赏自己；看电影，就是在黑暗中看自己。至少，是部分的自己。

那么，你在艺术欣赏场合不应该仅仅是崇拜，更应该是“自认”。承认眼前出现的美学奇迹，属于自己生命的一部分。稍有条件，你也能投入创造，只要冲破一些障碍就行。

我在担任上海戏剧学院院长期间，经常告诉那些刚刚中学毕业的毛孩子：只要排除障碍，你们就能释放出扮演唐代公主、法国骑士的天赋，展示出营造古典场景、恐怖空间的能力。事实证明，他们都在最短的时间内做到了。在此之前，他们与你没有区别。

这，就是你能成为艺术家的雄辩证明。其实你也能成为别的许多“家”，每一种“家”都能做得非常精彩。

我想，说到这里，不需要别的证明了，你的内心已在证明。

那就接受我的这句话吧，你比你更精彩。

我写的每个人都与她有关

杨　颖

高二暑假，我家经常停电。停电时，如果我想看书，就得点煤油灯。但煤烟会把墙熏黑，因此，我只能去贴满瓷砖的厨房看书。

我经常一看就是一夜，起码到后半夜。我看的是数学书，然而，我并不爱数学。

在那个暑假前，我的数学成绩一塌糊涂。我记得，暑假前公布成绩，我的数学考了29分，满分是150分。暑假开始，有一次补课，我借后座男生的作业抄。他只写了一个结果，我问他解题过程，他当着很多人的面笑着说："说了你也听不懂呀。"

那是我少女时代的至暗时刻。

我直到今天都记得那一瞬间自己的难堪、崩塌、自卑、惭愧、无能为力和无法反驳。

那一刻，我忽然意识到，我要改变，要为将来做打算。

我拿了一张稿纸，在背面一件件列我未来想做的事。我发现，每一件都要通过接受高等教育才能实现。

我又分析了我的学习情况，分科后，其实只有数学是我所面临的最核心的难题。怎么解决呢？我根本看不懂数学书，但是我记性好，我可不可以把它们全部背会呢？

凭直觉，我这么做了。没人告诉我对不对。我在厨房的煤油灯下一夜一夜地背、一页一页地抄数学书，其实我不确定这样做能有效果，但那是我能想到的唯一办法。

那个暑假，我一会儿小声对自己说："没问题。"一会儿又冒出一个声音："怎么可能？"一会儿流泪，一会儿流汗。

事实上，暑假过去，当我把那 6 本数学书全部背完、记牢后，我发现所有的习题都是书上的例题变化和组合而成。

新学期开始，我的数学已经能考及格了。高考时，我数学考了 118 分，比前一年的摸底考，提升了近 90 分。

这算是在我身上发生的"奇迹"，我本科只考上了一所普通师范院校，但那已是我的全力呈现。命运是公平的，天上不会掉馅饼，也不会辜负每一次努力。

这次经历后来产生了四个结果：第一，在背数学书并验证方法有效的过程中，我学会自己判断、自己执行、自我激励、磨炼意志。从此，我倾向于相信自己的判断，不盲目听从别人给我的办法。第二，后来，我经历过一场漫长的官司。我还因为户口问题在一家单位消磨了 5 年时间，白天受了委屈，晚上回家就靠写作疗愈。每当感觉熬不下去时，我都会对自己说："怕什么，谁能背下 6 本数学书？没有比那更难的事吧？你一定能挺过去。"第三，我生命中一个很重要的人，在失散多年后，在一本杂志上看到一篇文章里，作者提到高考前背过数学书。他搜索作者，通过我的笔名找到了我，我们恢复联系。背数学书成了我的印记、标签和联络暗号。第四，我忘不了高二暑假里的那个少女。那个夏天，她擦着汗，摇着扇，做着一件不知道有没有用，但必须做成的事。煤油灯下，她的脸和正弦、余弦、曲线函数一起，成为刻骨铭心的画面。

后来，我以写作为生，我永远在写小人物，写平凡的女孩如何追逐梦想。我写的每个人都和她有关，她成了我写作的母题。我至今感激她，她让我觉得自己做过一件很厉害的事。

最体贴的小孩

仙　草

初中时，有一天放学，我发现楼下的停车场被水淹了，还没走到家门口，就听见妈妈的骂声：

“为什么你连一点小事都做不好？

“我已经很累了，还要给你收拾烂摊子。

“整栋楼都知道是因为我们家忘记关水泵才爆的水管，脸都被你丢光了！”

原来是弟弟忘记关水泵了。我走进家门，妈妈正在厕所里洗拖把，她的嘴里不断传出难听的话。爸爸沉默着，坐在那里喝酒。到了终于忍不住的时候，他拿起手中的酒杯，狠狠地摔碎道：“你说够了没有？”

屋子里陷入一片安静，我沉默地从房间里走出来，拿着扫帚，过去打扫碎片。在我们家，一点小小的失误都会引发妈妈的暴怒。类似的场景，在我的记忆里并不算陌生。按理来说，一个十几岁的小女孩看到争吵的场景，应该害怕或是生气。可我只是蹲下去，默默地寻找地上的碎片。

我记得在初三的时候，我因为他们的争吵哭过。我坐在房间里，听到他们在客厅闹离婚。妈妈哭得很厉害，她打电话给姑姑，可最后电话落到了我手上。我一边哭，一边听到姑姑在另一头说："你不能哭，你要劝你爸爸妈妈。你是姐姐，还要照顾弟弟。"

那天弟弟不在家，等到他回来时，家里已经恢复平静。他察觉到气氛不对，进来问我："怎么了？"我摇摇头说："没什么，就是普通的吵架。"从这之后，我就再也没有在他们争吵时哭过。

因为我发现，哭起不了任何作用，也没有人会在意。比起哭，我有更重要的事情要做，那就是去劝他们，成为家里的调和剂，做收拾碎片的那个人。

中学时，我常常会和好朋友闹别扭。最严重的一次，好朋友生气地对我说："你知不知道，你每次都让人很扫兴，聚会时你急着回家，每次约你出去玩你又总是拒绝。"

我不知道该怎么解释，因为妈妈很容易生气，所以我不能离开家太久。我不能留弟弟一个人在家面对这些事情，也必须要在爸爸发脾气时拉住他。

我也从不邀请好朋友来家里做客。因为我不确定，她们来的那一天，家里的气氛会是什么样子的。妈妈的心情决定了整个家庭的气氛。每当放学回家时，我都抱着一种忐忑的心情，因为我不知道，今天家里的气氛是温馨的，还是糟糕的。我会敏感地观察，进门时爸爸会不会主动和我搭话，妈妈做饭的声响是轻微的还是粗暴的。如果一切信号都暗示了妈妈的心情不好，那我就要主动去帮忙，分担家务。

长大后，妈妈总是对外夸我是家里最乖、最体贴的小孩。可是她不知道，她这个乖巧的女儿，是在无数次她发脾气时，被小心翼翼地造就的。在这样的成长环境中，我习惯了一个人默默消化那些不好的情绪，也很少在别人面前哭。

一直以来，我很少讲家庭带给我的不快乐。我知道，这个世界不存在绝对幸福的家庭，但我还是更倾向于向外界描述幸福的那一面。在妈妈不发脾气的时候，我们家依旧是充满爱与尊重的。

冬天里，爸爸会拎着热乎乎的牛腩汤和牛肉回家，开心地和我们说“今天吃牛肉火锅”；儿童节，虽然家里经济状况不好，但妈妈依旧会记得给我们买零食，让我们有过节的感觉。那些幸福的时刻，常常让我感到庆幸，我是在一种充满爱的环境中长大的。

但现在，当我一个人坐在离他们几百千米以外的地方，回忆起那些不愉快的事情时，我发现自己原来对每一个画面都记得很清楚。我一直以来不太愿意承认，是我爱的家人在过去的一些时候给我带来了不安全感。这听起来像是一种对爸妈、对家庭的背叛。

但不是的。

如果你像我一样，怀着一种平静的心情，去回忆过往的一切，你就会发现，那不是背叛，而是一种重建。

只有复述这一部分不幸福的童年，追溯过往种种在我们身上留下印记的情景，我们才有可能摆脱这部分不快乐，才能有机会在自己的心里重建一种新的秩序。

在新的秩序里，你可以做任何你想做的事情，而不再受家庭的影响。

有时候，你得学会主动接受自己的短板

左　耶

从小到大，外界给我们灌输的思想都是“扬长避短”，你要发挥自己的长处，规避自己的短板和不完美。这是潜意识里告诫你要在行动中排除那些缺点，使你的长处得到最大化的效益价值。

可是我在很长一段时间后发现，那些推着我们毫不顾忌地大步向前的力量，不完全是那些光鲜靓丽的美好品质，还有我们极力隐藏和摆脱的让内心不安分的因素，比如焦虑，比如好强，比如嫉妒，比如敏感……

卢思浩在《愿有人陪你颠沛流离》中写道：“一个人最好的模样大概是平静一点儿，坦然接受自己所有的弱点。很久以后我才明白，所谓的成长，就是越来越能接受自己本来的样子，也能更好地和孤单的自己、失落的自己、挫败的自己相处，并且接受它、面对它。”

原以为长大是翠竹拔节，是虫儿化茧成蝶，其实不尽然，成长或许也是一层一层地将包裹起来的不完美摊开，是看到镜子中满脸雀斑、毛发枯燥、日渐发胖的自己却不大吼大叫，是坦然接受自己的不完美。我们接受了这一切不完美，然后就变得温和达观了。

主动去承认自己的不足也是与过去那个倔强好胜、平庸无奇的自己达成和解与共识。这种内心的挣扎与撕扯是成长中必不可少的过程，只是时间早晚罢了。比起看到一个在外人面前逞强好胜、闪闪发光的“女神”，我更愿意看到一个嘻嘻哈哈的不完美小孩。

不跟问题死磕，随时准备趴下

陈海贤

我父亲是渔船上的机械师。在一艘渔船上，机械师是挺有技术含量的工种，要负责船舱设备的正常运转。每次渔船经历远航后回港，他都要忙着修理船上的机器，换个活塞片啊，紧紧皮带啊，校校齿轮啊……连带着，我们自己家里的电灯、马桶、电扇之类的物件坏了，都是我爸拆开来修的。

他经常说："这世界上没有修不好的东西。什么东西坏了，只要你找到症结，找来原材料，就能修好。"

我曾对我爸的话深信不疑。那时候，我正在读书，从小学到高中，每天都要面对堆积如山的作业和试卷。虽然作业和试卷中多的是我不会答的问题，但我知道，这些问题其实都有答案，只要我努力，总会找到，就算我找不到，也会有人找到。

后来我成了一名心理咨询师，开始和各种各样的人聊人生。每个走进咨询室的人，都带着困扰自己的问题。有些人经历了一些重大的人生变故，比如平静美好的生活因为孩子忽然得了重病被打破了，公司倒闭突然失业了，结婚多年的爱人出轨了……有些人则遇到了一些琐碎的生活烦恼，比如学习成绩不够好，怎么努力也提高不上去，错过了自己心仪的学校或者专业，见到陌生人总是容易紧张……

“怎么办呢?”他们向我诉说他们的困扰，然后茫然又急切地望着我，像指着一台坏了的机器，等着我指出问题所在，再把它修好。

于是我努力分析问题。你看，“这是一种消极的认知模式”“你没有找到合适的应对策略”“你童年的经历损伤了你的自尊”“这是缺爱”……

“嗯，嗯。”他们频繁地点头，让我觉得自己说得很有道理。

然后，他们就不来了。

有一段时间，我很困惑：为什么我不能像我爸一样，找到症结，买到替代的零件，三下五除二就把问题解决了呢?后来我才慢慢明白，修理机器、解数学题和解决生活问题并不相同。修理机器或者解数学题时，你是超脱于问题之外的，但是面对生活问题时，你是纠缠在问题之中的。你解决问题的能力，本身就受这个问题的限制，是这个问题的结果。更何况，很多时候，生活中有太多的因素是你无法控制的，但它们实实在在地影响了你。

那能怎么办呢?无可奈何的时候，我也会向来访者承认：“我可能做不了很多。我所能做的，只是陪伴你度过生活中这一段艰难的时期，等着生活慢慢出现新的转机，等着你身上转变的种子慢慢发芽。”

“好吧。”他们叹了口气。可是下次，他们反倒继续来见我了。

我发现，很多人所遇到的困难，与其说是生活问题，不如说是生活的不如意。

“问题”总让人误会，以为只要找到症结，换个零件，或者找到答案，就能恢复如初。可生活中的有些事，发生了就是发生了，既无法修复，也没有答案。

“不如意”则是说，我们总是期待生活往好的方向发展，可万一它拐到了别的方向，想要强扭着它，把它摁回正轨，却是难上加难。更多的时候，我们只能随生活顺流而下，在变化中努力适应它。

这么说来，真正的生活问题其实只有一个，就是怎么面对和处理生活的不如意。

可大部分人并不甘心。他们会用修理机器或者解难题的思路来跟问题死磕，即使收效甚微，也会自然地认为是自己努力不够，或者方法不对。

哪怕是做高考试卷，一道难题不会，也可以先放一放，做其他的。大部分人却不愿这样做。他们担心自己会在这里丢分。而如果还在努力，虽然没有结果，至少还有希望。

承认自己无能为力很难，可悖论是，一旦承认在某些事上无能为力，你所能做的，反而变多了。

前段时间，我看到一个咨询访谈。一个年轻的产品经理，刚毕业不久，在北京辛苦打拼。虽然他自己的事业刚刚起步，面临各种问题，但最令他困扰的，却不是他自己的生活，而是父母的关系。他的父母关系不和，经常吵架，所以他要不时给父母打电话，听父母各自诉苦，想尽一切办法，努力让他们的关系好起来。他觉得，自己只有解决了这个问题，才能轻装上阵，一门心思去忙事业。

当心理咨询师说“这是你父母的问题”时，他却说：“不，这也是我的问题，因为它影响了我的生活。”

他说得有道理。可事实上，父母已经吵了几十年。虽然他百般劝解，却收效甚微。

也许他遇到的，就是生活的不如意。

于是，咨询老师说："不如我们来聊聊，如果没有这样的问题，20岁的你想过怎样的生活吧！"

不如聊聊别的，这听起来像是逃避，可是问题的空间就这样慢慢地打开了，问题以外的生活重新回到了来访者的视野。来访者发现，即使他不去处理这件事，仍有很多有价值的事情可做。

这就是生活的好处，除了直接面对问题，别处的进步，又会兜兜转转，回过来推动我们的生活继续向前。就像焦点疗法常用的比喻，生活像是一个黑白的太极图，你可以把注意力放到让"阴"的部分（问题）缩小一些，也可以把注意力放到让"阳"的部分（问题外的生活）扩大一些，最终的效果都是一样的，就是让我们的生活变得更好。但相比之下，把"阳"的部分扩大一些，似乎更容易。

我有个朋友，是学美术的。年轻时她恃才傲物，总觉得自己会成为一名厉害的艺术家。可未来的远大前程没法改善眼下的穷困。于是她来到旅游景点，在那边支了个画摊，想通过帮人画素描挣钱。

天快黑了，她才等来第一桩生意，对方是个戴眼镜的中年男人，问她画一幅画要多少钱，她说20元。于是那个男人坐下了。半个小时后，画完了，男人走过来看了看画，哈哈大笑，问她："你觉得像我吗？"

"像啊！"她理直气壮地回答。

那男人说："这样，钱呢，我还是给你；画呢，我就不要了，你自己留着吧。"说完，扔下20元钱扬长而去。

奇耻大辱啊！这个还没上路的年轻艺术家狠狠地把画撕了，捡起地上的20元钱，眼泪在眼眶里打转。“我一定要弄个框，把它裱起来。”她心想，“我要让它时时刻刻激励我！等我功成名就的那天，再把它拿出来，作为我心灵发展史上的重要事件，展示给大家看！”

她气鼓鼓地收起了画架，往回走。走着走着，路过一家麦当劳，肚子饿了。一摸口袋，唉，只有那准备裱起来的20元钱了。她犹豫了一会儿，最终走进麦当劳，掏出那20元钱。

“给我来个汉堡包！”

不知道是不是因为她没把那20块钱裱起来，而是买了个汉堡包，她最终没成为著名画家。不过我喜欢她的生活态度，不跟问题死磕，随时准备趴下。日子看起来越过越糊涂，其实却越过越清醒了。

猜猜我有多厉害

林 紫

一位妈妈带着 13 岁的女儿来咨询。

妈妈说："从小到大，我们从不给孩子压力，不在意她的考试分数，不拿她跟别人家的孩子比，更不会像别的父母一样望女成凤。我们唯一的期望，就是她能开心快乐地成长。我觉得跟其他父母相比，我们已经做得足够好了，但不知道为什么，她还是感觉压力很大。今年新冠肺炎疫情期间，她在家里暴饮暴食，整天躺着，人都胖得变形了！我和她爸本来以为，学校复课后，生活规律了，她会慢慢恢复正常，可没想到，她居然提出不想再上学了！她才上初一啊，不上学，以后怎么办？但我们又不敢劝，生怕哪句话说错了刺激到她，真不知道这孩子究竟是怎么了……"

女儿等妈妈说完，犹豫了很久，才鼓足勇气开口说："你们不只是'足够好'，在别人眼里，你们就是完美的父母——不要求好成绩、不打骂、不缺席、事业有成、彬彬有礼……反正无可挑剔！别人都很羡慕我，但他们越羡慕，我就越觉得压抑！妈妈，你总跟我说你小时候有多优秀，克服过多少困难，获得过多少荣誉，别人多么喜欢你……我觉得自己是你的女儿，就应该跟你一样厉害，所以拼命努力，可是越努力，越觉得跟妈妈相比，自己简直就是垃圾，长得没有妈妈美，智商没有妈妈高，人缘没有妈妈好，心态没有妈妈积极……这么的我，再怎么努力也变不成像妈妈一样完美的人，还不如现在就放弃……”

妈妈吃惊地张大了嘴，倏地坐直了身子，无辜地摊开双手说：“妈妈一点儿也不完美！我之所以说那些，是因为我一直以为，让你知道父母小时候的努力和优秀，能让你更自信、更勇敢、更坚强……没想到，适得其反，怎么会这样呢？”

怎么会这样呢？几乎在每一个家庭故事里，都潜藏着这样一句台词。很多时候，父母对儿女，妻子对丈夫，兄长对弟妹，无意之中似乎都在玩“猜猜我有多厉害”的游戏。他们竭尽全力地展示自己的优秀，原本是为了给予爱和得到爱，却没想到“优秀”变成了爱的杀手，让对方压力重重，让亲密关系变成了同场竞技。

不只是这对前来咨询的母女，还有很多的父子、夫妻、兄弟姐妹，因为过分强调优秀、完美和积极而越来越疏远。在疏远的家庭关系里，每个人都很难放松地做真实的自己，很难分享自己真实的感受和面临的困难，所以，也就失去了共同面对问题的机会。而共同面对各种问题，才是“家”本来的心理功能和意义。

要想改变事与愿违的结局，可以向童话故事里的大兔子和小兔子学习，把家庭成员之间的“猜猜我有多厉害”，变成“猜猜我有多爱你”。

在“家”这个世界上最核心的团队之中，所有人都互为队友，彼此成全；每个队友都可以很厉害，但让彼此获得最大支持、共渡人生难关、最终成为“优秀团队”的，不是某个人的厉害，而是对“家”的信仰。这份信仰足以让每个成员坚定不移地相信：“就算我不优秀、不完美，家人也会永远与我在一起。”

就像这对母女，当妈妈对女儿的鼓励不再以自己的优秀为媒介，而是让女儿知道“我爱你，一直到月亮那里，再从月亮上回到这里”时，“家”就会变成向上生长的地方，支撑每一个不容易长大的孩子和大人，直到每个人都长成他们自己的模样。

谢谢曾经孤军奋战的自己

王小青

开学半个多月后，在上海读大一的学妹给我发来了一段长长的微信。这个向来笑嘻嘻的小姑娘，突然甩出两个大哭的表情。

学妹说，自己好像被舍友孤立了，不管干啥都是一个人。她问我："你知道那种被孤立的感觉吗？"我看着这行字，沉默了许久，不由自主地想起了一些往事。

初三那年，学校强制每个学生都要住校。也许是因为更近距离地和他人接触，同学们清晰地感受到了我性格上的缺陷和对许多事情处理方式的不恰当。

慢慢地，没有什么人愿意亲近我，甚至还有男生给我起侮辱性的外号，说起我时不再是窃窃私语而是高谈阔论。

那时候的我不明白，为什么连自己"瘦"这一点也能成为他们讥讽的谈资，不是都说要减肥吗？很久以后我才懂得，因为他们不喜欢我，所以也不会喜欢一切和我沾边的东西。

有一次，体育训练结束后大家去食堂吃晚饭。宿舍楼的热水是以每层楼四个水龙头的量来供应的，所以我们洗澡前都要拿桶去走廊打水。

我快速吃完饭，第一个冲回了宿舍。看着摆在阳台上的七八个桶，我突然想，如果我帮舍友们打了水，她们对我的反感会不会少一点呢？于是，我就把她们的桶全都拿到打水处，接好水，等她们自己来提。

不久后，舍友们回来了。她们在得知我做的事情后，竟露出震惊和不耐烦的表情，用十分嫌弃的口气说："我们洗澡又不关你的事，你何必碰我们的桶呢？"

我尴尬地站在她们面前，隐忍已久的孤独、苦痛和压抑像岩浆一样随时可能喷发出来，但我还是咬紧牙关，任它们在五脏六腑间翻滚。

可以说，升学的压力远远比不上被孤立的痛苦。那时的我不知道能去何方，只能靠熬、靠忍，默默地承受着一切。

现在，我上大三了。如果不是学妹提起，我都快要忘记以前那个独自走在人群中、满心伤痕的少女了。

那种被孤立的感觉，真的太苦了，苦得我曾经每次和别人说起都会忍不住哽咽，苦得我以为自己这辈子都不会忘记。

可我还是一天一天地挣扎着向前，咬着牙撑过了很多因为梦到过去被惊醒而再难入眠的夜晚。我看了很多很多书，写了很多很多字，见了很多很多人，才终于走出了那条漫长又幽暗的隧道，成了现在的样子：有了天南海北的朋友，不再害怕跟男生说话；能把往事当下酒菜，笑嘻嘻地和别人说起；既能在聚会中放开自我，也能安然地享受一个人的好时光。

很多时候，我们都是因为没有很好地取悦一群人而被孤立。或许是源于一件小事，或许是源于一个“有罪可定”的瞬间。不管怎样，总有一个契机会掀开人性中的恶意，为我们招来嘲笑和伤害。所以有时，被孤立事件的发生仅凭概率。

被孤立的你不是有罪的，你也不是不值得被爱，排斥你的人也未必是邪恶的坏人，只是你们相处的环境，从一开始就决定了被孤立事件的发生。

多年被孤立的经历让我的性格里留下了一种病态的自卑，让我深信自己身上有哪里不对，有什么地方错了。哪怕不知道是哪里，但我觉得就是它导致我无法被人喜欢，所以自己本身就是糟糕的。

后来在一本书里，我看到了这么一段话：“有一个道理，你一定要尽早明白，因为有些人甚至一直到死，都没有搞清楚这个道理。如果是这样，那你这一辈子，都算活得不明不白。这个道理就是：‘你要明白，这个世界上，一定会有人讨厌你。’”

生而为人，我们不可能获得所有人的喜欢。

我和心理老师聊天时，她也送了我一句很重要的话：“过去的已经过去了。”是啊，我已经不再是过去的我，环境也不再是当时的环境了。

有时候，我们会因为被孤立的记忆过于深刻而歪曲对自身的认识，并因此早早地停下了靠近别人的脚步。

生活很坏，坏在我们每次松懈后对我们的轮番打击；但生活也很好，好在让我们带着伤痕走到了新的明天。

回望来路，我看着那个曾经在痛苦中孤军奋战的自己，轻声说谢谢，谢谢你的努力，终于迎来了一个还不错的今天。

我们手牵着手，一起对这些旧事做漫长的告别。无论如何，都请你相信，自己会变得更好。其实成长就是一个不断与自己和解的过程，我们所有的努力都不过是为了告别糟糕的过去，纵情走向更广阔的未来。

那些年，我们都曾是被孤立的自卑姑娘。

可是没关系，在你习惯了这孤独以后，在你终于学会自我疗愈后，你会遇到真正的知己，“酒逢知己千杯少”的那种知己。

你会成为更好的人。

我的舌尖含着给生活的情诗

莉莉周

1

我有龅牙。

两颗门牙微微突起，抵在唇下，不肯联合起来，而是各自为政，留了一条极宽的缝隙，足以卡住一颗瓜子。那时并没有“十美九龅”的说法，我龅起的牙齿便如一枚含在唇下的惊雷，爆裂无声。

“龅牙妹”，他们这样叫我，而我低头快步走过，以眼泪作为回应。

我自然也是矫正过牙的。在青春期时，父母经不住我的纠缠，带我去了牙科诊所，为我做牙齿矫正。

戴上金属牙箍后，我有很长一段时间无法正常进食，因为钢丝紧紧地嵌在牙龈中，稍有牵扯，便鲜血淋漓。我的脸颊因此很快凹陷下去，连带着我的那些少女心事也变得潦草起来。我成了班上影子般的存在，不说话，连呼吸也是静默的，犹如经受着一场漫长的刑罚。

高三的一节晚自习，男生们闲来无事，开始评选班上最丑的人。我听见他们喊出一个又一个候选人的名字，心生慌乱，便连忙趴在桌子上，假装睡觉，却不想真的睡着了。醒来时，早已放学，教室里空荡荡的，只余下我一人。我迷迷糊糊地抬头，看见黑板上自己的名字，下面是很多个“正”字，以及一个滑稽的、嘲讽的猪头简笔画。

夜幕深沉，晚风送来夜来香的浓香，猩红色的花朵在窗外怒放着，如一滴滴凝固的血。而我坐在座位上，反复地、徒劳地抠着指甲盖，终于因为那些不加掩饰的恶意而泣不成声。

2

后来，我的牙龈因为戴牙箍而出现了萎缩，一颗牙齿几近坏死，变成了难看的灰绿色。去过几次医院，最后，医生帮我取下牙箍，告诉我牙齿矫正失败，即使进行二次矫正，也很难成功。我坐在诊室的木椅上，看见母亲佝偻着腰，小声地、急促地与医生商量对策。他们的对话变成朱红色的细纹，刻在玉兰花宽阔的白色花瓣上，最后，玉兰花从枝头坠落，宣告那些眼泪的徒劳无功。

我站起来，说：“我不矫正了。”既然注定无法如别人一般开口大笑，那就认命吧。世界如此广袤，又如此混乱，我既然无力将那块大圆石推上山顶，那就站在山脚下，站在芸芸众生里，在混乱中求一丝生存的希望。我不想再挣扎了。

我装作没心没肺的样子，假装不在乎自己的龅牙，甚至在其他人嘲笑我的牙齿时，也跟着一起哈哈大笑，正如太宰治在《人间失格》中所写：“我终于凭着滑稽这一条线与人扯上了关系。表面上，我强颜欢笑；内心里，却怀着某种也许能够撞大运的千钧一发的紧张感——为了讨好他人，我总是挤出一身黏汗。”

彼时，我有了第一个喜欢的人，常常在课间偷看他。他会画画，常常在草稿本上画各种小图案，花朵、猫咪、咖啡杯，或者有细碎樱花瓣的竹骨伞……有一次，他递给我一幅画，上面是一只毛茸茸的、戴着礼帽的长耳朵兔子，长着一对滑稽的板牙。

“它很像你。”他如此说道。

在收到画的那一刻，我有一种被看穿的窘迫，甚至有些恼怒，觉得他的嘲笑格外刻薄与恶毒。长久以来，我一直在试图催眠自己，假装忘记自己有龅牙，假装自己根本不在意别人的看法，可这幅画像一把匕首，划破了我所有的伪装。

3

成年后，我依然是龅牙，与人合照时，总是故意抿嘴，生怕露出半分端倪。

这份隐瞒并未让我变得格格不入，相反，它为我撕开了成年人世界的一角：我们总是如此用力地乞求圆满，总以为好茶配好壶，青山配绿水，而美人只能配英雄。

我从未意识到这份乞求的荒谬，直到有一天，我的室友因为过度节食而昏厥，我将她送往医院时，才忽然明白人性的愚蠢之处。对于外在美，我们往往用力过猛，过分苛责：再长高一点，再变瘦一点，眼睛再大一点，鼻梁再挺一点……与此同时，我们对内在却毫不自省，以致在面临“自卑”“懒惰”“傲慢”等人性的弱点时，只能面色苍白地宣告投降。

我们已经被社会的审美标准绑架太久了。

我再次站在镜子前。镜子里，我的脸普通、黯淡，最在意的龅牙藏在唇下，微微抵起上唇，让我看起来仿佛欲言又止，藏着一段柔软、忧郁的心事。我终于发现，龅牙并不难看，并不滑稽，相反，它让我看起来像一只可爱的兔子。

4

前段时间看日本综艺节目，我看到渡边直美穿了一条粉色的连衣裙，像一个巨大的冰激凌甜筒，浑身上下透着清甜的气息。身边有同事吐槽，说不明白为什么人们会追捧这样的女生，觉得她是丑人多作怪。我当时不知该如何反驳，过了很久之后，才明白自己对渡边直美的认同来源于何处：她代表了另一种审美，甚至她自己就是另一个美的世界里的人。

在那个世界里，人们是可以不完美的。无论胖瘦，无论美丑，我们都能穿粉色的连衣裙，可以扎可爱的羊角辫，可以做鬼脸，可以哈哈大笑，可以横冲直撞，可以如自己想象的那样肆意地活着……

而在进入那个世界之前，我们的纠结与自我折磨是有意义的，它让我们学会如何与自己和解。

年前拍写真，摄影师要求我做出大笑的表情，我犹豫了一下，第一次对着镜头露出了笑容。之后拿到照片，我看到自己青涩的、陌生的笑容，恍惚间想起了 14 岁的自己，想起了那个痛哭流涕的傍晚，竟有几分心酸。

那时，我不敢笑，不愿哭，灵魂立于滔滔烈焰中的自我纠缠，如一个坚苦卓绝的妇人，一定要将那口百年老锅刷白。其实大可不必，我从来都没有做错什么。

若有人问："你的嘴唇为什么总是微微张开，是因为龅牙吗？"

我会笑着回答："不。那是因为我的舌尖含着一句给生活的情诗。"

我的心里住过一个女孩子

胡　子

我是男孩，但我的心里好像住过一个女孩子。

小时候看《新白娘子传奇》，羡慕白娘子和小青的那一头长发，她们说话时，双手把玩一侧长发，显得很温柔。我见过妈妈剪下来的长发，特别想找来接在自己头发上，像白娘子那样把玩。

我跟我妈和两个表姐在一起久了，耳濡目染，也跟着她们涂指甲油，有时也会看她们的粉盒，但是里面颜色太多，我不知道从何涂起。心里总有个声音在说，别涂，女孩子才涂粉，你是男孩，涂了别人会笑话你，就没敢涂过。

我有一回翻出妈妈的帽子和一条裙子，穿着裙子跑了出去，当时紧张到心脏都要蹦出来了。因为出去待了一小会儿就赶紧跑回家了，所以一个人也没碰到，我怕别人看到说我不正常。

第一个说我不正常的好像是妈妈，我忘记是因为什么了。只是当她对我说出“变态”这个词时，我感到巨大的恐惧，原来连我的妈妈都觉得我是个变态啊。

从小到大，我喜欢的游戏都是捉迷藏和跳皮筋之类的，不喜欢打弹珠。这个倒不是因为我心里住着个女孩子，而是因为胆子小，害怕输，我在这些游戏上远不如其他男孩子敏捷、准确。

我读高中时，姑姑问我，你怎么不像其他男孩子一样去打篮球，我只能尴尬地笑一笑。不只篮球，足球、乒乓球等运动项目没有一个是我擅长的，所以每个周末男同学们围着电视机看 NBA 聊球星时，我都在外围心生遗憾：为什么他们不能看看音乐频道？

高中时，我受到的攻击最多。晚上舍友一起聊天，只要我插嘴，有个男同学就会学我讲话，然后其他人也跟着学。我没办法安慰自己，因为这间宿舍里，除了我的下铺成绩跟我差不多，其他人都比我会读书，也比我会打架。更让人崩溃的是，另一个宿舍的某个同学也曾在体育课上嘲笑我，他说："你成绩不算好，球也不会踢，你以后什么都不是。"如今的我会想，会踢球的人究竟有什么资格看轻我？可惜那时我不知道怎么反抗，只能默默承受那样的贬低和羞辱。

班上有一个穿着打扮像男孩的女孩子也经常嘲笑我，她说我"娘娘腔"，我就说她"假小子"。可"假小子"哪有什么杀伤力呢？但是"娘娘腔"真的让我很受伤。班上的女孩子们也叫我"××姐"，只有一个女同学一直叫我的名字。所以，过去这么多年了，我还记得她喊我名字时带给我的温暖，她帮我保留了一点尊严。

上了大学后，没有人再觉得我像个女孩子，也可能是大家不会再说出来了，我好像自然而然地变成了一个"正常"的男生。

我再也没有穿过女孩子的衣服，小时候那次异装举动可能只是因为我一个人在家太寂寞了，希望有人注意到我，会被我逗笑，能跟我说说话。

进入社会后，我因为不会喝酒而被人教育过，这可能是我像女孩子的一种延伸。我觉得人们对男孩的期待太片面了。后来我开始工作，遇到的人都挺好，没有人会因为我像女孩子而排斥我，甚至根本没人提起。

不过我现在接到快递员的电话，他们还经常在电话里叫我“美女”。我已有了足够的自信来处理这种性别上的误解，只是有点儿好奇，我的声音真的温柔到像一个美女的声音那样的地步了吗？

跟大家分享这些，是因为我现在是一名老师，班上有一个男孩子，我不知道为什么他的同学觉得他像女孩。在我看来，他只是再平常不过的男孩子。今天课间休息时，我听见几个孩子在嘲笑他像女孩，听着听着我就生气了。出去一看，看见他们几个正得意忘形地聚在一起，这个可怜的男孩正不知所措地被迫接受他们的指责。我问那帮男生：“为什么要说他像女孩子？你们这样会伤害他，明白吗？”然后我对那个男孩说：“没事的，你没有做错，他们不应该这样说你。”

一个男孩不应该因为长得像女孩子或者性格像女孩子就被人嘲笑、遭受辱骂。那些嘲笑他的孩子也不是坏孩子，但可能是我们的教育给了他们一种狭隘的认知，认为男孩子就一定要阳刚，女孩子就一定要温柔。

不是的，男孩子也可以温柔细腻，女孩子也可以大胆耿直，这些性格上的优点和缺点和性别不是绝对挂钩的。

有时，我会听家长们聊天，但凡听到家长说“我要送我儿子去学武术，我感觉他太秀气了”，我就会感到窒息和无奈。孩子的性格和特质，是家长要去接受的部分，如果连孩子最信任和亲近的父母都不能面对他身上与主流观念不同的部分，他又怎么有勇气去做一个堂堂正正的、自信又快乐的人呢？

最温暖的火光

姚　瑶

1

初见我的人总觉得我温柔、不较真，但事实上，很长一段时间，世界在我心中非黑即白。我不接纳灰色的模糊地带，一贯理直气壮地认为“你有伤害我的权利，我也有不原谅你的权利”。

我写过自己小学时在校园遭遇冷暴力的经历，那时，我的挫败与孤立无援感就像一颗缓释胶囊，药效旷日持久，而这药效便是：面对伤害我的人，我没有原谅，只是掉头就跑。

结果当我上大学时，小学时对我施加冷暴力的那个同学忽然加了我的 QQ，每年都在我过生日时发来祝福，而我视而不见，心想：这算什么呢？

高中时，有个女孩同我形影不离，我们是同桌，结伴上下学，两个人关系很要好。快要高考时，学校突然暴发病毒性风疹，班里陆陆续续病倒了十几个人，人心惶惶。同我要好的这个女孩也被传染了，于是每天放学后，我便把当天的作业或试卷送到她家，将我的课堂笔记借给她抄写。

后来，她康复了，我却被传染了。连续一周高烧不退，退烧之后浑身关节疼，无法握笔，每天去医院输液，回家只能卧床。而此时距高考只有 20 天，作为有希望考上北大的年级前三名，那些天里，比身体更崩溃的是我的心理防线，无声无息地碎了一地。

生病在家的十多天里，我没有接过女孩的一个电话，更没见过她。回到学校的第一天，我恰好在教学楼下遇见她，她脱口而出："你离我远一点，我怕万一你再传染给我。"我目瞪口呆地看着她头也不回地上楼，在原地愣了很久。

那一整天，无论哪个老师上课，我都死死地盯着老师掉眼泪，历史老师被我盯得讲错了好几个地方，班主任对我束手无策。最终，校长和教导主任不断地宽慰、开导我，他们说："你该庆幸你是现在生病，不是高考当天生病。"

道理我都懂，但心里的难过，既有十几天没碰课本的着急，也有对他人的失望。人在十几岁时容易将情绪无限放大，我内心坍塌后的那片废墟，凭当时的自己根本无法重建。最后半个月，我几乎是怀着幼稚的恨意，满心想着我一定要离开这个地方，离开这些人，仿佛所有人都成了我的仇敌。

填报志愿时，我没有十足的把握。老师鼓励我不如抱着复读的决心填北大，可我不愿意，我一心只想离开，好像只有离开了才能彻底甩开所有的伤心和失望。最终，我做了最稳妥的选择，选了北京的另一所高校。

高三暑假，女孩联系了我很多次，约我逛街，约我去她家，发短信倾吐烦恼，可我不赴约，不见她，亦不回信息。那时，在我的心里，没有相安无事，没有原谅，没有和解，只有远远逃开。

大学期间、工作以后，她坚持不懈地在我过生日时送上祝福，偶尔找我说话，可我反而更生气，总觉得伤害了别人之后再来做好人，倒显得不愿原谅的我成了坏人。总之，毕业至今，我都没有再见过她。

可逃离真的有用吗？

2

大学里，我好像忽然撞上了好运气，有了很多要好的朋友。大家志同道合，一起熬夜准备辩论赛；骑车横穿北京城，去看一场展览或演出；我写小说，朋友们就做第一批读者，有的帮我改错字，有的给我提了很多有用的建议。但与此同时，伤害我的人依然存在，并且比朋友们离我都要近，就在我的寝室之中。

原本，我以为这个姑娘是可以和我成为朋友的。她爱看书，有漂亮的文笔，情感细腻，我从不掩饰对她的好感，总和她一起上课、上自习。可是渐渐地，我们之间的气氛发生了变化。偶尔老师会布置小组讨论作业，以寝室为单位，讨论的时候，我说什么她都第一个站出来反驳，时不时地说我有辩论队习气，将自己的观点强加于人。我原本没在意，结果课上做展示时，她却将我提出的观点全部放到了自己的报告里，那是我第一次对她产生不好的印象。

计算奖学金时，学习委员请她转告我，在国家级期刊上发表文章或者在学校活动中得奖都可以加分，可她只字未提。最终是学习委员专程来找我，问我怎么一直没去找她提交加分材料，我才知道有这回事。

有一次，我提前回寝室，刚要进门，忽然听见她和另一个室友在闲聊。室友问她："你和瑶的关系算最好的吧。"她不假思索地说："没有啊，我和她的关系跟我和你的关系没有什么不同，没有什么最好，都是一样的。"站在门口的我心里好像泄了一口气，那种真心错付的感觉比爱错了人还要难堪，我缩回准备推门的手，转身离开。那天晚上，我一个人在体育场呆坐了很久，决定从此疏远她，大学的后两年，我几乎再没跟她说过话。

你看，我又开始逃，哪怕住在同一间寝室，我还是能逃。

3

毕业之后，我参加工作，在更复杂的成人世界里收获，也受挫，和她更是失去了联系。忽然有一天，她发给我一个视频，内容是我采访一位作词人的。她说："你真棒啊，我把视频拿给所有同事看，告诉他们这是我大学时的朋友。"后来我出了书，她留言告诉我她买了好多本送给朋友，觉得很有用。再后来，她在网上给我留了长长的言，说："年少尖锐，不懂得包容的可贵，看到你高调地参加各种活动，有时觉得你怎么这么不接地气。现在我觉得，繁重的生活里其实需要一个轻盈一些的人，让你能看到生活还有其他可能。我错过了很多事，浪费了很多情谊，但你真的是我的朋友。"

看到这番留言的瞬间，我伸手摸眼睛，湿漉漉的。我鬼使神差地回复她："好久不见，约会吧。"

在敲下这7个字时，我忽然意识到，我这是原谅了曾经的那些龃龉。

我又想起送我生日祝福的小学同学，想起高中时让我失望透顶的朋友，我们究竟有多少解不开的深仇大恨呢？好像真的没有。她们一定都是先努力地说服了自己，才会再次出现在我的生活中。而我呢，骄傲、固执，我忘了，还有一些伤害过我的人从不曾回头道歉，先于我逃跑，不再出现在我的人生中。而这些回头找到我的人，其实何其珍贵，她们和我一样，走过了一条起起伏伏的成长之路，不断地肯定、推翻、重建了无数个自己之后，才举重若轻地对我说“生日快乐”，对我说“你是我的朋友”。

我忽然明白，世界自然有黑白，但黑白之间并不是灰色的模糊地带，不是不辨是非的浑水，而是一个过渡的潮间带，我们要允许他人走过这条潮间带，走进明媚日光下的海滩。

有时我想，如果不是小学时一直欺负我的那个同学，我可能不会早早钻进书房，在虚构的世界里寻找慰藉，最终成为一名写作者。

如果不是高中时的那个朋友，我可能不会念后来的那所大学，也就不会沿着这条命运的道路走成今天的自己，更不会遇到生命中重要的那些人。即使时光倒转，此刻的生活，我依然千金不换。

如果不是回过头来一再将自己的真心剖给我看的勇敢室友，我也不会明白，那些希望与我和解的人，在冷冰冰的人际丛林中，其实是最温暖的火光。

余生迢迢，不负自己

六　七

16岁是肆意飞扬的年纪，那时的少男少女正值青春期，总是谈论着不切实际的美梦，想着不可能得到的人，为此饱尝青春的酸涩与不甘，我也不例外。

他是隔壁班的班长，学习成绩很好，走路时带着一阵轻风，是个十分骄傲的人。为了获取他的联系方式，我找到隔壁班并不算相熟的初中同学阿静，拐弯抹角地表明自己的来意，磨了许久，才要到他的QQ号。我不敢直接告诉他，我就是他隔壁班的同学，只是隐晦地说是他的校友，机缘巧合之下加了他的QQ而已。他信了，并没有发现我“目的不纯”，我长舒了一口气，心里却有一点小小的失落。虽然我别扭地藏起了自己的心事，但是又隐隐期望对方能够察觉，并因此多关注我一些。那些因为他而疯狂生长的欢喜和失落，像从树上纷纷扬扬飘落的黄叶，是秋日的精灵，也是冬日遣来的使者。

笨拙的我不知该如何通过聊天走进一个人的生活，只能等到每一次节日来临的时候，编好祝福信息，按下发送键，满怀希望地等待。

他总是回复得十分简短，礼貌而又疏离的“谢谢，同乐”4个字，让我无法从中窥见他的半丝情绪。我想，他大概以为那不过是一条群发的祝福信息，却不知道那其实是我高高拿起又小心翼翼放下的卑微的喜欢。或许从我单方面宣布喜欢他开始，我就走进了一个注定无法得到回应的死局。

在课间，他偶尔会抱着一摞作业本从我们教室外经过。这时，我会放下手中所有的事情，目不转睛地盯着教室外，只想在他返回时再看一眼他。有时，他的眼神会漫不经心地向教室里扫过来，我便慌乱地低下头，生怕与他的目光相对，被看出什么端倪。其实我知道，教室里坐了这么多人，他不可能一眼就看到我。

每个人在青春时或许都曾有过隐秘而欢喜的心事，而我心底那份无处安放的喜欢，就像一根倒生的刺，平日里还能够和它好好相处，可一旦被发现，就会引起阵阵疼痛。后来，他从同学那里得知了我的身份，敏锐地察觉出我对他的那份特别的情愫，便干净、利落地删掉了我的联系方式，没有留下只言片语，仿佛我的喜欢于他而言，轻如鸿毛。之后，即使我们偶尔在校园里擦肩而过，他也只是淡漠地瞥我一眼，脚下生风，大步往前。而我，则如同一只乱了阵脚的鹌鹑，脸烫得像被火烧一样，仿佛之前种种偷看他的行为被抓了个正着，恨不得自己变成隐形人，再也不要让他看见我。之后，我高中毕业，去了省外上大学，与从前的同学再无联系，也无从得知关于他的半点消息。当初那份不知因何而起的喜欢，早已被湮没在时光深处。

我一直觉得，是他残忍地给我们的故事写下了一个惨淡的结局，也是他无情地把我所珍重的感情撕得粉碎。我站在自己的立场上，固执地认为他欠我一个解释，也欠我一个道歉，因为每一分喜欢即便得不到回应，也应该被认真对待。

当我独自走了很远的路，遇见了形形色色的人，褪去了年少时的偏执和青涩，慢慢成长为一个可以为自己撑起一片天的大人时，我终于释怀了。或许，当初的那个少年只是用他所认可的方式告诉我，余生迢迢，首先要做好的事就是不负自己。

艰难不过少年时

简　洁

1

人大概在两种状态下，会思考关于快乐的命题：一是快乐将逝，想要把快乐留住的时候；二是已然处于不快乐的状态时。我开始思考“快乐是什么”时，处于后者。

我的第一篇小说是在上初二时写的，写的是在班上受排挤被孤立的女主角，在一趟江南之旅中领悟如何保持快乐。在那段时间里，写它几乎是我全部的精神寄托。

在我从小经历的数次孤立中，初二那年的集体孤立最难忍。大概是因为人成长到一定程度，懂得的事越多，感知力越强，便知道有些事只能忍耐，承受力却没有强到一定程度。小学时的两次被孤立，一次被我以转学为契机而逃避，另一次被我以毕业为契机而逃避。到初二那次时，我知道无处可逃，连向家长诉说都不能，只好自己找了一处想象中的避难之处。每当白天看到同学的冷脸或遇到一些过分的事时，自己便会分出一个“灵魂”悬在半空旁观，肉身是难过的，精神却是欣慰的——今天要写的故事又有新的素材了。小说里女主角在学校的那段经历，取材于我真实的遭遇。“任何经历对于作家来说都是财富”，这句话在当时切切实实地安抚着那个每天都不知如何度过的我。

被孤立是因何而起的？在我的记忆中原因有点复杂。既有女生小团体背后的造谣传话，也有同桌男孩带头的恶语相向。同桌男孩父母双亡，姑姑是学校颇有资历的老师。因为我成绩好，班主任为了照顾他，强行把我和好友分开，安排我和他做同桌。于是，我和同桌男孩从一开始就不太对付。我觉得他姑姑以权谋私，班主任慷他人之慨，而他本来就不稀罕与我做同桌。

同桌男孩的生活费靠他姑姑资助，但他常常将生活费用在其他地方，比如买游戏机和名牌衣服。班上的男生知道他能拿出钱，在他们想要买一个“阿迪达斯”牌的足球时，准备让他出大头。他姑姑知道这件事后，严厉地批评了他，买足球的事也就不了了之，这让那群踢足球的男生气急败坏。因为我也是教师子弟，同桌男孩便臆测是我泄露了消息，于是我迎来的是整个班级最有影响力的一群男生的语言和行为暴力。而想要讨好他们的女生也加入了这个行列，在背后造谣生事，以使我更符合一个告密者和搬弄是非者的形象。

2

长大后想起来，初二被孤立的那段时间缓慢又难挨，我每天起床后都不知道日子该如何继续。但我在自己被孤立之后没多久，反而有了更要好的朋友。

原来和我同桌的那个女孩，不是和我最要好的，只是我们排队时站在一起，成绩也接近，互相欣赏。但论私交，我和另一帮女孩更好，她们长得漂亮，和男生关系好，在班上呼风唤雨，处于“权力”中心。但这些女孩，在男生们孤立我之后，毫不犹豫地选择和我形同陌路。而那个女孩却在别人恨不得离我远远的时候坚定地和我站在一起。

女孩的绰号叫洋芋。说起来也巧，她当时的好朋友，绰号叫鲍鱼，是和我同校不同班的小学同学。和她们玩得好的还有一个绰号叫小古董的女孩，她们组成的小团体充满善意地逐渐接受了我。那大概是我初次在稳固的四人团体中得到安全感，这里没有猜忌，没有钩心斗角，没有领头人，只有平等的交往和相互保护。在这样的相处模式中，我和洋芋把鲍鱼和小古董的学习成绩一起带进了年级前十名。

班主任对此很高兴，她把这当作“物以类聚，人以群分”的证明加以表扬。班上孤立同学的小动作没有瞒过她，在某种程度上这也算一种敲打。同样被拿来当作“人以群分”证明的还有几个男生，他们不擅运动，也不怎么讨女生喜欢，平素行为古怪，但他们的成绩也排在年级前十名。

成绩常年在年级排第一名的我，以前是不太会和这几个成绩好但性情古怪的男生搭话的，更不要说向他们请教问题了。但对于有些男孩气的洋芋来说，这是很自然的事，遇到不懂的问题，便带着我们去问，我渐渐和他们熟起来，觉得他们不是古怪，而是聪明。而且他们在讲题时毫无保留，电路图、立体几何、化学公式等，他们追求的比书本上的知识更多，比老师要求的更多。他们讲题时的感觉，像武侠小说中的见招拆招，让我感受到了一种遇强则强的快乐。这是我之前从未感受过的。熟悉之后，他们还会“斗题”，指定一本辅导书，比谁一晚上做得多。那段时间，晚上回去画电路图画到深夜是快乐的，白天向别人请教问题是快乐的，被别人请教问题是快乐的，在楼道里大喊是快乐的，下课有人陪也是快乐的。虽然之前和我交好的那些女生对我说话时还是阴阳怪气的，同桌男孩也还是在别人来问我问题时黑着脸，但那段时间我在精神上感受到了一种昂扬向上的快乐。

学习的快感，精神上交锋的满足，和我旗鼓相当的对手，互相帮助的朋友，在我幼稚的小说里没写到的结局，生活都给了我。

3

同桌男孩是什么时候知道那件事并不是我告密的，我不太清楚，迟来的示好举动是，在他们传阅 2000 年欧洲杯集锦册子时，他往我眼前推了一下，而我则是从这本册子开始喜欢上迈克尔·欧文的。没有道歉，也没有帮我向他足球队的朋友解释，他只是坐在我旁边时不再黑着脸，有时会没话找话说。

不过我也不太在意了，我对现状已经非常满意。洋芋也是足球迷，我们几个在课间也会讨论足球。我对足球也用上了学习的劲头，放学按时回家看晚上 6 点的体育新闻，周末去图书馆借《足球周刊》补相关知识，再加上乐于向人请教，我很快不再是伪球迷，对足球喜欢得热血沸腾。

迷上足球成为我和踢足球的那群男孩和好的契机，我是真的没想到。在他们眼里，我和同桌男孩仍然是死敌，虽然他已经会问我某道题目怎么做，我也会顺势问他足球杂志上那些不懂的名词。在足球队队长邀请我去看他们的比赛时，我在惊讶之余还傲娇了一把，说作业做不完。不知怎么的，队长男孩从这时起就对我产生了一种莫名的尊敬。他说是因为我的坚持及我作为好学生身上所具备的坚忍和耐力打动了他。

在男孩们终于凑钱买到一个新足球时，他们在上面分别签下自己喜欢的球星的名字，一格写一个名字，最后留了一格给我，让我写上欧文的名字。我知道这场从足球开始的孤立，又以足球结束了。

中考前的优秀班干部选举，我几乎得了全票。这次投票对于我来说意义良多。我以全校第一的成绩，花团锦簇地毕业了。

4

上学时的快乐，其实非常简单，有一个合得来的同桌，有几个下课时可以陪伴的朋友，不用生活在恶意中，对于我来说便满足了。

但被孤立的次数多了，心中总有一些惶恐，觉得这是自己命中注定的某种轮回。开始和结束都格外相似，被孤立通常是在进入一个集体不久后发生的，孤立我的集体，在熟悉我之后，又会重现温情的面貌。被孤立的痛苦并不是归咎于某一个具体的人就能消除的，但友情的快乐，是能从某一个具体的人身上获得的。这是我通过丰富的被孤立的经验所得出的结论。

高一上学期时，我差点儿又一次经历我熟悉的恶意事件。我们班同学在分校住校，有一天下起了大雪，课后大家在外面打雪仗。同一寝室的 8 个男生，突然围攻没有参战的我，用捏得特别硬的雪球，连续砸了我 5 分钟。我心里倒不是特别愤怒，只是很认命地想：又来了，熟悉的经历又来了，我将再次经历一段难熬的时间，但一切都会好起来的。

事情并没有按我熟悉的剧情发展。在我决定默默接受的时候，那个寝室的室长在第二天课间时跑来向我道歉。后来一打听，我才知道是和我不太熟的一个女生当天就跑去找了那个室长，质问他为什么欺负人，所以才有了他后来的道歉。在我以为是命运的时候，有人告诉我，不是的，对就是对，错就是错，没有在受害人身上找原因的道理，没有什么不能反抗的规则。

我被孤立的命运，终于在高中时被改变了。也是在上高中时，我认识了之后友谊保持了 10 年以上的朋友，有他们在身边，我慢慢消除了被孤立的恐惧。

成年之后，不快乐的来源其实更多，独自在外的日子过得比少年时代艰难。但在我心里，再苦也苦不过少年时代，那样寂寞无助的时候再也不会有了，那样惶恐而不知尽头的时候再也不会有了。因为，即使再遇到那样的事，我也不是那时的我了。

成长的阶梯

白岩松

酒醉后的清醒

16 岁那年，我在读很关键的高三。那时候，已经是 1984 年的秋天。

经过了几年高考，全社会对上大学这件事情已经变得格外重视。我上高三这一年，明显感受到了家人、老师对我的期望。毫无疑问，来年的高考，成了我高三这一年冲刺的目标。

遗憾的是，我自己却没有这种紧张感。在班里，有一半是从外地来的住校生，他们大多来自农村，因而成熟得似乎也比我早。平日里，他们勤奋刻苦，抱着来年的高考一举中的信念。看着他们刻苦学习，我却迟迟找不到感觉。我心里着急，也知道高考将至，那是人生中面临的第一次大考；但一直以来松散惯了，一脚刹车踩下去，带着惯性的车轮不会马上停下来。因此，高三上学期过去，我的学习虽然有些起色，效果却并不明显，成绩一直处于中下水平。直到这学期过后的春节期间，一个意外事件的发生，才如当头棒喝一般，让我的头脑清醒过来。

大年初二，我和初中同学聚会，不太会喝酒的我们，鬼使神差般地买来很多酒。也许因为这个时候大家都面临高考，大多数人心里没底，压力也大，因而不胜酒力的我们，竟奇迹般地将买来的酒都喝了下去。后果严重，我神志不清地告别了同学，骑上自行车回家。

由于酒精的作用，一路上，我不知摔了多少跟头。到家门口的时候，我的衣服又脏又破，浑身上下好多地方还流了血，自己却毫无感觉，若无其事地走进家门。

当时，母亲正在家中做菜，姥姥要过生日，家中一片喜庆的气氛。正在做菜的母亲看到走进家门的我，一下子惊呆了。可能是我浑身沾满泥土和鲜血的样子，让母亲大为震惊，手中切菜的刀一下将自己的手指切了个口子，母亲的血又染红了菜板。

家里一下子乱了，亲人们对我又是心疼，又是生气，而母亲又受了伤。后来我想，那一瞬间，刀伤不会让她的身体感到疼痛，真正的伤痛一定来自心中：还有半年多，这个儿子就要参加高考了，可现如今，他却如此狼狈地回到家中。绝望，在母亲的心中应该是有一些的吧！

我哥一看事情陷入了僵局，便把我送到他同事的空宿舍里，要我几天之内不要回家，慢慢养伤，以免回家让母亲看到再生气。

酒很快醒了，我前所未有地感到不安和内疚，一种恨自己不争气的感觉时常出现。那几天，室外依然是鞭炮声不断，一派春节的祥和气氛；然而，对我来说，却是人生走过 16 年之后，第一次孤独地面对自己，开始向自己提问，然后试着解答。浑浑噩噩的成长过程，在这几天中，突然停下脚步。这次意外的闯祸，竟成了我新的起点。我意识到自己不能再这样下去，我已经不是孩子。人生中第一次大考，就要在半年后来临，如若不尽快告别不争气的状态，我将对不起自己和家人。

几天之后，身上的伤全好了；心中的病，在这几天中，似乎也已经找到了应对的药方。酒醉一次，却让16岁的生命清醒起来，我想我不会再让母亲失望的。

回到家，见到母亲，内疚依然。母亲没有多说什么，我也没有，只是知道，与其说些什么，不如行动。我已经明显地感到：这一次荒唐的醉酒，竟奇迹般地让自己找到了成长的感觉。

从表扬得来的自信

高三下半学期一开始，就真的进入了冲刺阶段。如果说，我在一次酒醉后学会面对自我，找到了向上的动力，那么这个学期刚开始的一次考试，又让我找回了自信，于是，一切都好起来了。

可能是学习成绩在班里处于中下游的时间太长，我很少得到老师的表扬，心里也就多少有些自卑。

但奇迹发生了。

有一次模拟考试，试题比高考都要难，尤其是数学卷子，难倒了许多人。老师批改完试卷，意外地发现，全班只有两个同学及格。一个是我们班学习成绩历来都很好的同学，另一个就是我。

意外归意外，老师并没有吝惜表扬的话。在班上，我第一次被表扬得红了脸，同学们也都把佩服的目光投向了我。

第一次得到这种鼓励，我心里舒服极了，同时也有些兴奋地期望：这一次也许是意外，但我应该对得起人家的表扬，下一次，我得考得更好！谁也没想到，这一次表扬，竟迅速地使过去的“要我学”变成了“我要学”，鼓励对成长所起的作用，我是真正领教了。

在这之后，我开始全身心投入到学习之中，不仅刻苦，而且格外注重学习方法。由于我是学文科的，因而将各科的课本都装订起来，然后制订每天的学习计划。于是，学习终于成了一件乐事。

经过一学期的奋战，我终于在高考中成功了。那年的 8 月 19 日，我接到了北京广播学院的录取通知书。第二天，正好是我 17 岁的生日。高考的成功，也就成了我送给自己 17 岁的最好礼物。

一转眼，时间已经过去了十五六年。我不厌其烦地记述以上两件事，不过是想告诉今天十六七岁的朋友们：人不怕犯错误，犯了错误，如果能够带着反思爬起来，错误就会成为课堂；与此同时，在一个人成长的过程中，如果得到的训斥能少一点，而表扬和鼓励多一点，也许每个十六七岁的人前进的脚步都会更快一些。后面这一点，就是说给老师和家长听的了。

很多年过去，我依然感谢表扬我的那位老师。如果当时他因为我过去成绩一般而不肯表扬我，甚至对我的成绩表示怀疑，那我就不会迅速摆脱自卑找到自信，也许结果会是另外一个样子。因此，我想，每个少年都渴望成功，但成功必须从自信开始，而这些可能正是从家人或老师的一次不经意的鼓励开始。想让每一个人的十六七岁都留下美好的回忆吗？请把鼓励给他们吧！

最后，愿大家十六七岁的每个日子都闪光。

逆风扬帆

四叶重楼

作为一个按时上学、放学去补习班的循规蹈矩的普通女生，我也找过自己的优点，不过最后又都一一画掉了，按我妈的说法就是“拿不出手”。在这点上她从来没有改过口，从小时候让我当众背唐诗却被我强行忽视，多次伤了她的面子起，她对我的评价就只有这4个字。

算起来，我弟弟才是拿得出手的那一个——让背诗就背诗，让弹琴就弹琴，让心算就心算，要是练过舞蹈，估计都能立马来个下腰劈叉。每次开家长会，我妈都是那个身处冰火两重天的人——表扬沈原飞名列前茅的时候，她站起来一次；批评沈原生原地踏步时，她再站起来一次。最后她放弃了，说双胞胎嘛，大概聪明都让其中一个占去了。开始我还和她争辩几句，后来被打击的多了，也就死了这份心。

在乌泱泱一堆人的学校里，我大概是最灰扑扑的那一个。每次有女生来窥视我弟弟，都会顺带说一句：“那个坐窗户边的是他姐姐，听说他们是双胞胎……”一点也不喜欢这样被顺带的我，终于去找沈原飞抗议，他却一句话就把我堵了回来：“你怎么跟个孩子似的，别人不肯定你，你就没有方向了？”

现在回过头去想想当时的自己，的确有些钻牛角尖，没有沈原飞的那份自信和宠辱不惊不说，还时不时把各种小事织成一张张网把自己裹挟进去。

这一切的改变，大概源于高一暑假邵老师派给我的一项工作。

后来我读到一句话：“你回头看看，会发现某一天某一个选择，原来对你的意义是如此重大。”

嗯，原来这一天就是那一天。

邵老师是我们的语文老师。高一上学期快结束时，他想做一个关于学生课外阅读的调查报告，去学校图书馆调取借阅数据，结果在登记卡上看到借阅量排名，我和我弟弟都“名列前茅”。这个细节让他顿时又高兴又恼怒：高兴的是，这俩都是他亲手教的学生；恼怒的是，我俩一学期竟然看了这么多闲书。于是，他让我俩去办公室找他。到了办公室，邵老师把借阅的书目打了个单子递过来，说你俩看的书挺多啊。沈原飞看我一眼，极没有义气地说：“老师，这都是她看的，我的借阅证就从来没有到过我手上。”

学习上，我唯一拿得出手的，也就作文这一项。知道真相后，邵老师停顿了很久才说：“沈原生，暑假时我聘请你给我做两周助手吧，需要你帮我收集一些阅读资料，报酬按小时结算。”听到邵老师这样说，我竟觉得这是对我很难得的一次肯定。

我接下了这项工作，办公地点就在学校图书馆。

因为是暑假，偌大的图书馆美丽且安静，比起平时打仗一样地借书还书，能在这样的环境里做一个“工作人员”，哪怕是短期的，也是我做梦都没有想过的。

因为有图书馆的借阅数据打底，我对哪些书借阅次数最多、哪些杂志最流行、哪类文学体裁最受欢迎、看书的男女生比例是多少分析起来很快。有一天，我正在做杂志类的阅读表时，邵老师拿着我的借阅明细单问："天文、军事、文学、综合、时政……这么杂，你都看了？"

"有兴趣的我就细看，没有兴趣的只是翻一翻。我看书很快，很多文学故事类的看开头，就能知道结尾。"毕竟不是在课堂上，我觉得直白点儿回答也没关系。

邵老师笑着说："你倒不谦虚，那你就把每种杂志的内容做个概要吧……"

这完全是任我驰骋的疆域，我很快就整理了一沓资料交了过去。邵老师慢条斯理地翻看着，脸上看不出是否定还是肯定。直到看完，他才问了个无关紧要的问题："你觉得你以后能有多大机会做个能写、能编的人？"

或许是因为当时图书馆的环境太好，或许是因为邵老师的语气太随和，我开始滔滔不绝地"画我的大饼"，若不是还有几分理智，差不多已经算是功成名就时的演讲了。

因为接了这个自己还算擅长的事情，那种被重用的情绪让我每天元气满满，连回家见着沈原飞都忍不住趾高气扬。

邵老师将收集、整理的资料打印出来，装订成册，让我通读校对一遍，工作就结束了。在那之前，其实我是有些混日子的，是为逃避学习才选择看书。而校对那册资料，是我第一次尽心尽力去做一件事，一字一字、一句一句地核实查证，心心念念的全是它，像着了魔。等我做完交给邵老师，他看着我说："你看你认真地来做一件事，不是也能做得很好吗？"

我领了报酬，结束了这份短期工作，神采飞扬地走在路上。比起拿到的钱，我更在意与邵老师告别时他对我说的话。他说："你别再浑浑噩噩的，辜负了自己的能力。"

如果成长真有分水岭，这句话大概就是我成长中的那一道了。

我还是那个普普通通的女生，可有很多东西不一样了。后来，我考上了并不比沈原飞差的大学；大学期间，我写了很多妈妈口中拿不出手的文章；再后来，我做了一个她口中拿不出手的编辑和写手。

拿不出手又怎样？在青春的这条河流上，从我不再浑浑噩噩的那天起，我就自己掌了舵、扬了帆，已经不是原来那个自卑、自恋又怯懦、敏感的我了。

岛屿和树

淡蓝蓝蓝

读大学时，我在心理工作室当志愿者，负责接听电话和处理网络预约。但实际上，这是一份非常寂寞的工作，因为没有人来。

总有些人内心并不平静、暗流汹涌，但他们宁愿把自己囚困在孤岛上，也不愿心里的秘密泄露半分。

某一天，工作室的邮箱里终于收到了我当志愿者以来的第一封电子邮件。

发件人说他很小的时候，父母就离婚了。母亲不要他，把抚养权给了父亲，但父亲再婚后，把他扔在了乡下爷爷家。

他说，世界上最疼爱他的人只有爷爷。因此，即使没有父母的爱，他也不会抱怨。

初二那年，爷爷去世了。父亲违逆了老人的遗愿，仍旧把他丢在乡下的祖屋里。从此，他一个人生活，做饭、洗衣、上学。父亲会定期给他送来生活费，却不多看他一眼。

村里人一边可怜他，一边又觉得他傻。

他说自己在外人面前真像个傻子，没心没肺，总是笑呵呵的。笑呵呵的傻子后来突然变成了胖子，他也很奇怪，自己三餐都吃不饱，又怎么会莫名其妙地变成一个胖子。

从此，他身后又多了些顽劣小童的嘲笑声。他们喊他：傻胖儿，傻胖儿。

可他又是那么争气，考上了高中。学校离父亲的新家很近，有好心的长辈去劝说他的父亲，让他父亲好好待他，他会出人头地的。

他心里也忐忑，有些微的期待。他总以为，只要自己努力一点，变得优秀一点，父亲还是会重视他的。

高中开学后，他住校，父亲总是扔下钱便匆匆离开。他很快就明白了一个事实——他永远也不可能再回到父亲身边生活，他只是一个有父母的孤儿。

有一次，他在路边看见父亲和他的再婚妻子。父亲怀里抱着一个小女孩，对她万般亲昵宠爱。令他惊讶的是，那女孩不过是父亲的继女而已。

他心怀希望地孤单生活了那么多年，却在那一瞬间，心里充满了怨恨。

他想不通，为什么父亲宁愿去爱一个毫无血缘关系的继女，也不肯看一眼亲生的儿子。

他的恨日夜膨胀，他在日记里诅咒父亲去死。

他觉得自己好像被魔鬼附了身，却也心甘情愿。

大概是冥冥中真有谁感受到了他的恨意，一场车祸，父亲和再婚妻子、继女全部遇难，所有遗产归属于他。

命运，跌宕起伏。

葬礼上，他一滴眼泪都没掉。大家都说这孩子被遗弃了那么多年，他的冷漠是理所当然的。

但是没人知道，他一直在恐惧。他觉得是自己的诅咒要了父亲的命。

从此，他就真把自己当成了刽子手。他总会做噩梦，睡不安稳。

他说："我这一辈子都是有罪的吧。"

我回复了他的邮件，约他和心理老师见面。他没有来，从此杳无音信。或许，他只是想找一个树洞来倾诉。

那些日子，我总会在校园的路上留心比较胖的男生，我想知道，到底谁是那个孤单的胖子。

写新小说的时候，我总会想起他。他像在森林之外生长的一棵树，像在海中孤立的一座岛屿。我不知道他是小说里的谁，是林斐？是冯宥？是纪瓷？是路云陌？抑或是每一个无岸可靠的旅人？

每个人心里都不是一马平川，有罪、有怨愤、有憎恶，有跨越不过去的沟壑与山丘。

那些私人的情绪或者秘密，就像浓郁的黑夜，透不进日光。

成长是艰难又孤单的过程，在学习放下与和解的路途上，难免会撞得头破血流。有些人不幸，一生都被心魔所缚；有些人足够幸运，找到了黑夜的出口。

只愿他能遇见爱，令他余生温暖从容。

我曾认真地嫉妒过你

北岛七月

在敲下题目之前，我用了很长的时间来思考到底是嫉妒还是羡慕。最后还是重重地敲下了这两个字：嫉妒。

这种情绪最开始也最浓烈地始于小学五年级。

我小学是在城郊一所不算太好的学校读的，因为离家近。班里的同学也都来自周边的各个村子。当时的我因为脑瓜还比较聪明，常年占据第一名的位置，深受老师们的喜欢。甚至班里有同学不满老师每次都夸我作业写得好，偷偷撕过我的作业本。但是这些我都不在意，甚至还有些窃喜。

因为这是我和他们不一样的标志。我成绩好，是班里的学习委员，和那些动辄被老师批评、请家长的同学不一样。这是当时 11 岁的我心里真实的想法，我有种觉得自己是“天之骄子”的清高。然而事实是，除了学习好，我并没有其他任何过人之处。

情况的改变就发生在五年级那年。

班里转来了一个女生，她长得好看，皮肤很白，大眼睛；声音好听，是那种毫不做作的甜美；性格好，不到一周就和班里的同学打成了一片。最可怕的是，她成绩好。就在她转来的那个学期末，成绩单上我的名字第一次出现在了第二的位置上。

我的天塌了。

后面更让我难以接受的事情是，我连任了5年的学习委员，在班会课上被她以3/4投票率的绝对优势抢走了。本来属于我的在学校大会上的发言机会，在我写好了发言稿并且每天在家反复背诵到可以倒背如流的时候，老师说她的声音更好听，以“把机会让给新同学”为由给了她。甚至她发言的稿子都是我之前写好并且背得滚瓜烂熟的那篇。

她发言那天，我站在台下，心里随着她一字一句地默背着那份稿子，一种不明来由的情绪在心里暗暗滋长。后来我知道，那叫嫉妒。在我还不明白什么叫作嫉妒的年纪，我就已经拥有了这种情绪。

后来的事情，现在看来也许还有些励志，但当时的我身处一段很黑暗的时光。

她的名字被我刻在我家厕所的墙上（当时只是觉得厕所很隐蔽，不会被我爸妈发现），也出现在了我的每一篇日记里。她今天做了什么，她和谁说了什么，老师怎么夸了她……我事无巨细地写下来，真的比我现在追星还要狂热。我一边观察她，一边模仿她，模仿她的声音和穿着，然后被人说：“我发现你俩现在好像啊！”每当听见这样的话时，我的心情总是很复杂，有点儿开心，又有点儿生气——谁要和她像！

除此之外，我有了人生前11年来最努力学习的时光。不为别的，只为了把我的第一名抢回来。那段日子到现在还被我爸津津乐道：

“你要是有小学五年级时那股学习的劲儿，情况肯定比现在更好。”他每提一次，我的心就会被刺痛一下，因为那些日子对我来说并不快乐，在我心里也非常不光彩。嫉妒这种情绪，多么见不得人啊！

再后来故事的走向是，我抢回了第一名，之后的每一次考试，我都稳稳地坐在第一名的位置上。我和她成了好朋友，我们每天一起放学回家，一起吃零食，一起聊八卦。

她是个很好的女孩子，是男生和女生都很喜欢的那类人。

但当时每次和她在一起的时候，我想到自己那些卑鄙的情绪和想法，都觉得自己不配成为她的朋友。她那么好，我怎么能嫉妒她呢？

初中，我们是隔壁班；高中，我们在不同的学校；大学，我们在不同的城市。但这么多年来，我们还断断续续地保持着联系，关系也算不错。我总觉得，如果不是当初我那些黑暗又卑鄙的情绪，我们应该能成为更好的朋友。

说实话，对她的嫉妒，我到现在也没能完全放下。

就像之前网上的一篇文章里写的那样，我也偷看过她的微博。怎么找到的呢？我在微博搜索栏里搜了她的名字，一条一条翻下来，翻了几百条，翻到几年前她的朋友提到她的一条微博，然后顺着找到了她的微博（可见一个女孩子认真起来有多可怕）。

说实话，我并不知道我想看到些什么。是想看她过得不好吗？好像也与我无关了。她过得不好，并不能使我开心；过得好，我也不生气。大概只是习惯了，习惯了那个 11 岁小孩对她的关注，然后持续了这么多年。

嫉妒并不是一种不好的情绪，这是我想告诉当年的自己的。它不是见不得人的黑暗情绪，它既正常又真实。一个女孩子遇见了比自己更好的人，产生嫉妒心真的太平常了。可是把控这种情绪很重要，这种浓烈的情绪如果掌握不好，很容易毁掉一个人。嫉妒久了，会越来越看不到自己身上的好，会有想要毁掉别人的冲动，然后就成了自己讨厌的那种人。

所幸，我很好地处理了我的嫉妒。我朝着她的方向努力了很多年，成为和她不同的，但也很好的自己。现在我看见她发的微信朋友圈动态，依然会多些关注，但心里没有多少波澜了。她是个很好的女孩子，我也是。为什么我最终称这种情绪为嫉妒而不是羡慕呢？在思考了很多个夜晚之后，我得出的结论是：嫉妒会比羡慕更浓烈一点儿。羡慕是你觉得她很好，并且她配得上。嫉妒是你觉得她很好，但是凭什么是她而不是你呢？

是呀，凭什么呢？明明我也很优秀，我比她差不到哪里，为什么她就比我过得好呢？当你拥有这种情绪的时候，你就已经没有自己想象中那么好了。

没有凭什么，用俗话来说就是“三分天注定，七分靠打拼”。所有你觉得她不配的人，都在暗地里付出过比你多得多的努力，只是你没有看到而已。这是我关注了她许多年后真实体会到的道理。

可以嫉妒，但不能只是嫉妒。这是我这么多年来得出的最有效的结论。凭什么你不行呢？那你偏要试试，她可以的，你也可以。这才是这种情绪最正确的打开方式。

一边嫉妒，一边变优秀。也许当你已经忘记这件事情很多年之后，再回头看，你却偏偏因为这个人而成了更好的人。

我想对嫉妒了很多年的女孩子说，如果你也看到了这篇文章的话，谢谢你，并且对不起。

虽然我没有做出什么伤害你的事情，但是为当年一边做你的朋友，一边心里对你暗暗诋毁的行为道个歉。你所拥有的一切你都配得上。

那就让我一边嫉妒一边成长吧。

当我想要放声歌唱

黄　菲

当我告诉闺密，因为单位要拍《我和我的祖国》的快闪，需要我做其中的一个领唱者，我报了一个一对一的声乐班学唱歌时，她语无伦次地夸我："你能有今天，真的不是像你说的那样靠运气，你靠的是认真，靠的是实力！"

什么叫"你能有今天"？说得我好像是个什么人物似的。其实，我只是想用这样的方式来治疗五音不全带给我的自卑。

我有着漫长的自卑史，整个青春期，"胖""土气""贫穷"……每一个词都令敏感的我在人群中羞怯、惊慌、瑟缩、茫然。我内向、羞涩、封闭、玻璃心，用孤傲小心翼翼地掩饰着自卑。

治愈自卑，真的是一个漫长的过程，因为自卑不会自动痊愈，任何鸡汤文和金句都没有用。当那件令你自卑的事没有任何改变时，你所有的"我想通了"，也许都只是"我放弃了""我认命了""我屈服了"。你唯有一点一点地努力改变，那小小的骄傲、小小的喜悦，以及小小的酸楚，才会像涓涓细流，最终汇聚成一股治愈的力量。这就是我身为一个长期深度自卑症患者，在漫长的治愈过程中得出的小小感悟。

我曾经因为胖而自卑。逛商场，当我的目光在某件衣服上多流连片刻，导购向我走来时，我就开始不自在——我担心她说的第一句话是“这件衣服没你的码”。遇上暗恋的男孩——擅长自卑的人同样会擅长暗恋——我首先想到的是他不会喜欢我这么胖的女孩。甚至在别人称我为才女的时候，我都会隐隐地觉得，这是他们对胖而平凡的我的一种礼节性善意。

我是在什么时候不再为胖而自卑的呢？在我瘦了十斤，并年年保持稳定的体重之后。

不自卑的感觉真好啊，一个身穿M码的我，日行万步，觉得自己轻盈、矫健，是一个对生活有希望、有掌控力的人。某种微妙而又肉眼可见的变化发生了：我发现自己从一个只会微笑的人，变成了一个在别人的微笑注视中说话的人；从一个存在感几乎为零的人，变成了一个受欢迎的人。我不再害怕和排斥表现自己了，再多的目光落在我身上，我也照样自如。“腹有诗书气自华。”他们这样说。不，并没有什么“气自华”，肉身也是我们的圣殿，当我们付出足够的诚意，雕琢出那一份光华时，内心也会因此获得信心和力量——生命是有向光性的，朝着光亮的方向，才能生长出信心和力量。

一切似乎都顺风顺水起来。我升了职，我去矫正了牙齿，我每天化淡妆、喷香水、穿裙子和高跟鞋，我觉得自己看上去还不错。自卑不再是我暗处的伤口，令我瑟缩和疼痛。我成了那个能敏感地意识到他人的自卑，并有力量去抚慰和鼓励他人的人。

我的抚慰和鼓励并没有任何高明的见解——去行动，去改变，去为自己做点什么。我能说的只有这些，我能做的也只有这些。就像现在，我要去学声乐了。五音不全令我在需要唱歌时，又一次变成了那个自卑的女孩，那么，我就去学声乐。下班后，我像一个小学生一样，向一位年轻的声乐老师学发声、学运气、学识谱，学得很慢，但我会坚持。

我想要放声歌唱，我知道我一定能放声歌唱。

十七岁食事

段雨辰

高二刚分到新班级，我仍经常沉浸在旧的关系网络中，在一种“举目无亲”的悲凉中无法自拔，幸运和快乐都微乎其微，更多的是一种手忙脚乱的不知所措感。熬过一周，失魂落魄地在学校对面的小店买炸鸡排，又想起英语课上做的有关“emotionaleating”（情绪化进食）的阅读理解，我叹了一口气。店主问我：“要什么味道的炸鸡?”我小声说：“要甘梅和黑胡椒味。”店主又问排在我后面的同学，一个熟悉的女孩子的声音对店主说：“和她一样。”

我一扭头，看见我的同桌正一脸灿烂地冲我微笑，向我摆着手。我也冲她微微一笑，像上课时扭头和她对视一样。

食物是打破人们交往壁垒的渠道，十六七岁，正是胃口极好、很容易饿的年纪，“我好饿”，大概是每天说得最多的一句话。大家都会带很多吃的来学校，然后在同学间全部分掉，没人真正在乎自己最后留下了多少。分享的过程确实带给人一种巨大的满足感，大家一起拿起小圆饼干，像模像样地碰在一起说“干杯”，然后塞到嘴巴里。这种活动偶尔也在上课的时候进行，只要老师一转过身开始写板书，大家鼓鼓的腮帮子就开始蠕动，有时候塞进嘴里的是巧克力饼干，一笑，牙齿都是黑的。

我在教室后面的小花盆里种了几颗绿豆，在它们长出了矮矮的小苗后，每次我去浇水，都有人问我："能吃吗？""能吃了吗？"

真应该把那些可爱的面容画下来。

我的前桌崇拜一个漫画家，她常把那个画家的书带来给我们看，全是关于食物的，很能治愈心灵，看完后心情可以立马变好。她说自己是一个感性的人，最容易被食物所蕴含的人情所打动。

其实不光她如此，图书架上，那些对食物描写有格外兴致的作家显然是更受欢迎的，所以他们的文集——但凡有关于吃的内容的章节，总是磨损得更快，而这些对食物有着非凡热情的作家们，似乎也因此变得可爱了起来。

比如读《雅舍谈吃》。我看到尽兴处会满心欢喜，招呼前后左右的人，一起分享一种穿透文字的心理饥饿感。

"看这儿！看这儿！"有人指着被标记的段落，三四个脑袋凑到一起完成一次兴致盎然又庄严肃穆的默读，想象中的味道唤醒味蕾，然后在不言中，仿佛能听见响亮的吞咽口水的声音。食物带来的分享交流的欲望逐渐接近饱和点。

哗——开始了！某人开始带头分享自己尝过的某种食物的体验，或分享自己的看法或见解。

"我去广西玩的时候吃过这个！"

"羊肉太膻了。""我觉得还好啊！"

"我想吃拔丝红薯……"

“我也想……”

但谈论最多的永远是那些似乎已经失传的手艺，紫薯焖肉、金华火腿烧墨鱼片……我们努力想象不同的食材通过不同的组合和做法所呈现的口感，这不是一件容易的事。汪曾祺对这种失传总是遗憾怅惘，可我好羡慕他。食物是有时效性的，它们最后变成一小部分人的独家记忆。它们的全部信息也像被压在玻璃夹片中的标本一样，变成薄薄的念想。

所有的食物都会过期，可是吃到它们的时候，你可以假装安慰自己给了它们永恒。

我刚刚开始留心食物华美外表的陷阱。“刚刚开始”意味着在这件事上的意志力和执行力还很薄弱。对食物，尤其是对高糖高脂的食品，总是欲拒还迎，可是一想到金黄薄脆的薯片塞到嘴里咀嚼时的炸裂声和脂肪颗粒在舌头上喷薄而出的感觉，想到一抿嘴就几乎化掉的半熟芝士的奶香气息在口腔里荡气回肠的感觉，我就意乱情迷。

吃是一件快乐且任性的事情，代表着一种率真和孩子气，可好像也只有在某一年龄段才能真正肆无忌惮地食你所想、食你所爱。一些明星被讽刺卖“吃货人设”，也是如此。

“多大的人了，你不管理自己吗？明明在努力保持身材，还要所有人都以为这是天生吃不胖的瘦人体质，这不是拉仇恨吗？”

可事实上，人类对食物的热情确实是无限高涨的，只是随着认识的提升和对自己愈发严格的要求，才知道有些放肆和不修边幅是不对的，是对自己不利的。于是开始学会在控制中经营自己，压抑——至少是暂时压抑口腹之欲。

我姐姐就属于那种十分自律的人，她有规律的作息时间，清晰的课程安排和严格的饮食限制。奶茶店开在健身房楼下，她从来都是目不斜视地径直走过。只有一次她走了进去，那是在她完成把体脂率降到15%以下的目标时，给自己的小小奖励。她犹豫了很久，终于小声点了一杯乌龙奶盖，不加奶盖。我和店员都愣在那里，面面相觑。

我小时候挑食，不吃的食物能列出一张长长的清单。那时候，我对食物的鉴赏很单纯，不会去考虑它的营养价值、昂贵价格和深藏背后的人文底蕴。只要好吃，就深得我心。

长大后，那些我不吃的东西确实变少了，原因很多，但我更多地把它归于“第二味觉”的发育，带给我体验食物口感的无限可能性，尽量多去尝试，不能太过执着于自己原来的喜恶。

少年在饮食中交际、挖掘、体谅、怀念，这大概是某种历程的缩影。比如我的热爱、选择与权衡。我还有好胃口，还可以在回家的前一天给妈妈打电话，告诉她明天中午我想吃板栗鸡块。我还有成长的能力和食物支撑下的努力方向，这就让我对一切食物的热爱都有了可以被原谅的理由。

闪电前的闷热时光

鲁 敏

总觉得自己没有青春期。就算有，一个字即可概括：闷。

这可能跟我离家较早有关。那时候的小学是5年制、6年制并存，我读了5年，刚11岁就离开家了。自此，我就一直生活在别人的家，然后是别人的城市、别人的家乡。好在我后来明白，其实在这个世上，我们都是寄居者。但11岁，在我还没学会跟他人沟通、跟世界交好的时候，就开始面对必须独立生存，并与外部世界协调的问题，这加重了我的紧张感和压力——我不由自主地竭力显得乖巧懂事，我不愿表现得有个性，像被在不同杯子间倒来倒去的水，总保持着跟容器的高度贴合。

同样，情感表达也是我的弱项，我反感撒娇与亲昵的行为，就算对妈妈也不会，更谈不上吐露心事；对游戏与娱乐缺乏热情；对享乐怀有罪恶感。好在，这些都不算啥，表面上一切都好，我体格强健，有说有笑，除了一个人时偶尔会感到憋闷。

这样，在亲戚家的小村子，在那个规模很小的联办初中，以及后来考上的中专，我所能做的好像就只有一件事：读书。一种无意识的权宜之计与排遣之道。

看看，书放在那儿，多好！一本打开的书，倒扣着，特别像瓦房的屋檐，令人生出藏逸之心，似乎可以寄身其下，看风雨飘摇，殊觉安稳，乃至可以终身依傍——到现在都是这样，我最爱的朋友与亲人就是书！

书的好坏深浅不论，从亲戚家订阅的《外国文学》《民间文艺》到妈妈订的《雨花》，一直到邮电学校那小得可怜的图书馆，有什么看什么，不挑，我还喜欢抄书（抄得最多的是泰戈尔与聂鲁达）；还做长篇大论的读书笔记，印象最深的是读《巴黎的秘密》《基度山伯爵》这些大部头时，因为里面的人物、事件比较纠结，我就挨个儿替人物做年表、做故事线、做家族谱系图等，把书里所有的伏笔、呼应、关节点什么的全都标出来，做成表或图，错了用橡皮擦掉修改，特别较真，像在进行一桩宏大的事业。整个青春期，没有初恋，没有口红，没有手心出汗的舞会……好似一部法国闷片，说起来都要让人打哈欠。

稍微有点戏剧性的细节，发生在我工作后的一个黄昏。

其实，从学校毕业，参加工作，这按部就班的慵懒生活也许本足够淹没各种不切实际的幻想，但很奇怪，写小说的念头似乎在这时开始出现苗头。

我的第一个工作单位在南京偏北方的一个30层的写字楼里，从办公室向外俯瞰，可以看见小半个南京城，看到下面各种各样的人，看他们的头顶：小贩、警察、公务员、送水工、餐馆侍者、教授等，无一例外，他们全都方向坚定、匆匆忙忙，像奔流不息的水一样刷洗着整个城市。那是个黄昏，光线半明半暗，天空中垂挂着造型古怪的浮云，把我的视线从天空往下移动，当我看着他们，看着那些跟我一样的人，看着他们的头顶像在大海中那样起起伏伏，强烈的焦灼突袭心头，如惊涛拍岸。

我知道，我看到的其实是一种假象：所有那些人，并不真像我所看到的那样，不，在目光所及的外表背后，他们还有另外的感情和身世。每个人都有一团影子那样黑乎乎的秘密，像镣铐一般深锁内心。对了，就是那些深沉的秘密、那些长长短短的影子，一下子击中了我，像积蓄多年的火山终于找到了一个突破口。我迫切地想要贴近他们的心肠，感知他们的哀戚与慈悲。这就需要一个合法的工具——小说！它就是一台高倍的、夸张的乃至有些变形的望远镜与取景器，给我以无限刺探的自由和疯狂冒险的权利。

正是这个平淡而致命的黄昏，1998 年，我 25 岁。如闪电来袭、惊雷响起，我烦闷而紧张的青春期，像一个漫长闷热的午后，结束了。我找到了走出窄门、通往世界的途径。生理与心理上的青春期结束了，文学的青春期开始了。

坐到电脑前，打出了我作为写作者的第一行字，那是我的第一篇小说——《寻找李麦》。在那个被圈点过的黄昏，它来了。

穿碎花裙的胖姑娘

微酸袅袅

我很爱在故事里设置胖女孩减肥成功的情节。

可遗憾的是，我身为一个一直为体重烦恼的女生，却从没有真正地成功过——梦想是瘦成一道闪电，但梦想一直是梦想，我最瘦的时候也不过是“不胖”。

年少时因为腿粗而感到自卑，我有好几年时间没有穿过裙子和短裤。上中学时的夏天，我最常见的打扮是上身穿短袖的夏季校服，下身是秋季校裤。

中考前学校模拟测800米跑，班主任特别郑重地叮嘱：“你们明天跑步都要穿短裤，那样阻力小，容易出成绩。”

这条“指令”让我在家里纠结了一夜，第二天虽然听话地穿了短裤，但在外面加了长裤，临上跑道才不情不愿地脱掉。

现在想来应该根本没人会在意我的腿是粗是细吧，可那时的我心里就是别扭极了。

青春期的我还非常讨厌体检。我抗拒往仪器上一站，机械、冰冷的女声报出那个可怕数字的瞬间。

有一次测完体重，我忍不住自我嫌弃地说："我真胖。"医生伯伯笑眯眯地安慰我："不胖不胖，你长得高嘛。"可我根本不接受这种安慰，深深地沉溺在自己是个"女壮士"的悲伤里。

上了大学后就没有校服穿了。夏天的武汉就像一个巨大的蒸笼，人在太阳底下站几分钟就会浑身湿透。而那时的我无惧中暑的可能，无比坚强地每天穿牛仔长裤去上课。

穿上牛仔裤又闷又热，却不会让我看起来瘦一点，但有着鸵鸟心态的我觉得这样穿才安全——它可以保护我的粗腿，不致赤裸裸地暴露在众人眼前。

令我震惊的是，好像也有女生完全不在乎这些事，比如P。她和我住在同一栋宿舍楼，因为每周有几天排课时间一样，所以我们常常能相遇。

P比我还高，身量也更魁梧，面相充满了男子气概，可她很自然地穿着坡跟凉鞋和大号的碎花连衣裙，打着阳伞慢悠悠地走在校园里。在一群纤细的同龄女生中，她像个突兀的惊叹号，但我永远不会忘记她身处其中时自信又淡然的神情。

我暗暗佩服她的勇气，同时又安慰自己：其实你也还好嘛——我很没出息地把她当作心理上的"垫背"，以此来鼓励自卑的自己。

大四快毕业时的某天，我在学校的超市门口和她打了个照面。我突然发现，虽然她还是那么高高大大的样子，但整个人的气质柔和起来，碎花裙和坡跟鞋在她身上不再显得突兀，反而增添了女人味。简单来说，她在没有明显变瘦的情况下竟然变美了！我在那一刹那意识到：正能量和自信心真的是有魔力的，它会带你走向你曾经向往的地方。或许有些胖姑娘因为种种原因一辈子都无法成为瘦子，但我们不该因此一辈子不敢试穿那些自己很想穿的漂亮衣衫，更不能一辈子都不去做最想成为的那个自己。

那个穿着大号碎花裙子和坡跟凉鞋的姑娘用她真实的变化告诉我一件事：不要沉溺在自己的缺点里自怨自艾，不要害怕出丑或者失败——要么积极改变，要么坦然接受。

其实出丑和失败都没什么大不了的，永远躲在“害怕”的壳里唯唯诺诺，不敢挣脱出来勇敢地做自己，这才让人沮丧呢。

那天起，我不再刻意隐藏自己的粗腿，会在炎热的夏天穿短裙、短裤，还会迈着我的粗腿去海边玩水，去泳池游泳——我比从前更爱夏天，也比从前更爱自己。

关于零食的疑惑

渭水长安

弗洛伊德说："那些被压抑的，最终都会以更丑恶的方式展现出来。"这些年来，关于零食，我一直有个疑惑：身为一个成年人，我却仍沉迷于五毛或一块钱的辣条，是不是童年吃不到垃圾食品导致的补偿心理？

读小学时，大部分同学都很穷，没什么零花钱，但和我相比，同学们又富裕很多，因为他们可以自由支配买早饭或是午饭的钱。一下课，他们就一起风风火火地下楼买零食，再赶在上课前冲进教室。夏天冰冻过的杨梅，紫红色的果实，一颗下去"透心凉心飞扬"；冬天五毛钱一杯的粉丝，放了榨菜丁、葱花、麻辣鲜和喷喷香；油里炸出来的年糕，刷上酸甜的番茄酱或自制辣酱；还有四季常有的魔法士干脆面、香菇肥牛、大大卷泡泡糖、各式辣条……令人垂涎欲滴。

我的早饭是在家里吃的，外婆每天早上五点半起床给我做早饭，说是吃了早饭肚子热乎乎的，出门不容易生病。午饭是自己带了米，在学校用铝制饭盒蒸，菜是外婆早上或是前一天晚上炒的——至今还能回想起，梅菜扣肉因为放了很多猪油，在冬天结起了油花，被一位同学惊呼长霉了。零食是家里买的苹果、饼干之类，外婆说健康又美味。

有时候下雨天，外婆会来接我放学，路过校园外一家又一家围满了同学的零食摊，外婆会问我："你要不要买零食吃啊？"我就刻意表现出不屑一顾的样子："这些零食脏死了，我才不要吃呢，我喜欢外婆给我做的好吃的。"外婆听了就笑眯眯地说："好孩子，这些零食不知道怎么生产出来的，又贵又不健康，你想吃炸年糕、炸薯片，改天外婆给你做。"看见那些为了一口零食就撒泼打滚缠着家长买的孩子，外婆就更得意了："我这外孙女真乖，从不让我操心。"可是炸年糕太费油了，外婆一次都没做过，我也从不提起。

后来弟弟上小学，会缠着外婆、妈妈要零花钱买零食吃，外婆一边念叨着"你姐小时候从不吃这些垃圾食品"，一边从口袋里掏出硬币给弟弟。我也疼爱弟弟，每周放学回家，都会买些零食带给他。带弟弟出门玩的时候，我跟他说："想吃什么就告诉姐姐，不用替姐姐省钱。"弟弟说不要的时候，我总担心弟弟是因为懂事而压抑自己的需求。

如今我的工资可以让我自由地想买什么就买什么了，那些童年时没能吃到的廉价垃圾食品，就成了我时不时惦记的东西。成箱成箱的垃圾食品通过快递被送到办公室，同事们吃着进口零食、低油低卡的轻食，都笑话我，怎么净买这些便宜货。他们不知道，那一袋袋被称为垃圾食品的辣条，曾是我久久的渴望。

我终于放下了“爸妈离婚”这件事

Chanchan

在小城市里住久了你会发现，餐馆是个有人情味的地方。

爸爸用手撑着脑袋歪坐着，很熟练地点好了菜，让面前摊开的菜单形同摆设。妈妈提起茶壶，将三副碗筷分别冲洗干净，看见瓷碗上细微的污渍，会仔细地用指甲推掉。而我坐在他们两人中间，用手指敲击着桌面，急切地等待着美食的慰藉。

他们聊我期末考试的排名，聊我不大合格的发型，聊我一直没好的感冒。遇到话题中止的冷清时刻，我尝试着拿起手机消磨时间，但屏幕还没解锁就被妈妈训道：“不要整天玩手机。”这场饭局是我和爸妈三个人的记忆，如今我还时常想起。如果我们可以一直这样该多好。而事实是，酒足饭饱后我们三个人又走回了各自的轨迹里。

前几天我无意中看见一个文章标题：《绝对不要找离异家庭的人结婚》。对于这类哗众取宠的文章，我一向视而不见，可这次还是被刺痛了一下。上网搜索相关内容，还可以看见很多关于离异家庭孩子的分析。我从这些文章得知，原来跟我有相似经历的孩子，都会“自卑、逆反、怯懦和孤僻”。总而言之，像我这样的人就会有各种反人类的心理缺陷。

无法否认，对我们来讲，父母分开这件事，是从童年就烙下的梦魇。但局外人只能看见事情的表面，看不到这些孩子在长达数年的苦痛、挣扎和反思后内心所磨砺出的优秀品质，而这些品质会像秘密武器一样为此后漫长的岁月开路。

前不久，我参加了一次小学聚会，大家在饭局上聊起小时候相处的种种。提及当时人缘很好的三个人，分别是我和另外两个女生。

我们仨受宠若惊地愣了愣，反问原因，他们提到了“幽默好玩，很有梗”“超出同龄人的成熟”，以及最重要的“会照顾身边人的情绪”。其中一个女生听完之后爽朗大笑，回复了一句很拗口的话：“你们不知道我们成为‘快乐源泉’的源泉是什么。”我后知后觉，才发现我们三个都是从小就经历了父母离异的孩子。

爸妈之间的对抗持续数年，而这场博弈的结果是毫无悬念的分道扬镳。

我曾听大姨提及，妈妈有过“为了儿子，我愿意接受复合”的妥协。听完之后哭得稀里哗啦的我，内心满是感动和悲戚，甚至有过对爸爸“不作为”的愠怒。

后来有了恋爱经历，我开始猜想这些年爸妈之间的互动，渐渐了解到“为了孩子好”而强制绑定的关系，实在难以体面地维系。他们互相都尽力过、争取过，但是勉强幸福终归不是一段关系最优的解决方案。当然，在明白这些事实之前，我经历了十余年的内心挣扎。

“父母离异”成了我少年时期作文里出现次数最多的题材。对家庭关系主动或被动的探索，让我比同龄人更早地尝试独立，学会体察大人们细微的情绪变化，学会吹熄即将造成矛盾冲突的引火线，学会找到让自己开心起来的方法。

所以，所谓的“自卑、逆反、怯懦和孤僻”，只是离异家庭的孩子必须克服的险阻，而不是他们一定具有的人格。

后来，小我 16 岁的妹妹出生，她成了一个性格跟我截然相反的热闹存在。她 5 岁时问我：“哥，你爸是谁？”

我说：“我爸是你爸。”

她又问：“那你妈是谁？”

我说：“我妈是我妈。”

她狐疑地看了一眼她的妈妈，思考片刻后转过头来对我说：“好吧，没关系，我们都是一家人。”那一瞬间让我觉得，即使属于我的家庭并不圆满，却幸运地成全了额外的美好结果。

爸妈各自有了新的伴侣、新的生活，在放弃无休止的磨合与争吵后，爸爸的神情多了几分平和，妈妈也学会投入自己的兴趣爱好，变成了一个每天发乐观鸡汤文的自在女人。我们偶尔还能凑到一块儿吃个饭，他们聊我现在的工作，聊我的感情近况，聊我一直没好的感冒。

我开始把这个家想象成身体里的一个细胞，它一分为二地裂变，成为相互独立的个体，却又流淌着相同的基因。而我作为那个自由移动的分子，在不断地逡巡、拜访、停留和暂别。

这么想来，“父母离异”于我而言，似乎已经不再是一件值得揪住不放的拧巴事了。

“诗人放过夜里的笔，眼睛放下相机，一杯热茶留在客厅，放走蒸汽。我们除了和彼此相伴活在当下，不肯再做别的事情。”张悬的这段话，我把它总结为“释怀”二字。

记忆又回到那年的饭局，我揉揉鼓胀的肚皮；妈妈发着呆，看着我；爸爸脸朝窗外，不顾形象地剔牙，末了把手里的纸巾揉成一团，拍在桌面，说：“走吧，我送你们回家。”

被看到很重要

雯　颖

生活中，我们经常能够感受到“被看到”的重要性。比如费了很多周折才签下的订单，默默努力才取得的一点点进步。得到同事或老师的关注和认可，有时候比订单和成绩本身更加令人感到欣慰和鼓舞。

人们在乎“被看到”，是因为很多事情并不浮于表面，那些有关情绪的、内心的、背后的情愫和内容，我们希望有人能够理解。

小孩子也是如此。

我们常常觉得小孩子幸福，因为有大人的关心和照顾，他们什么都不用操心。但我有时候觉得，小孩子也有不那么幸福的地方，就是没有自主权。他们不能决定晚上去哪家餐厅吃饭，下次去哪里旅游，仅有的情绪出口就是对父母诉说和哭闹，但是又时常被忽略。

“小孩懂什么！”“没事儿，让他闹一会儿就好了。”这两句话被很多父母当作万金油，他们不知道小孩子也有喜怒哀乐，也有很想或很不想做的事情。

我给大家分享一件自己10岁左右时发生的事情。

那年，爷爷带我去商场挑了一只兔子玩偶，我视若珍宝，因为那可能是第一件由我自己挑选的玩具。我每天兔不离手，去哪儿都抱着它，于是在春节拜年期间就把它带去了小姨家。

一进门，小姨就对表弟说："你看姐姐多好，给你带了玩具作礼物。"然后直接把兔子拿走了。我在错愕中参加了当天的聚会，一直惦记着我的兔子。之后，我几次向妈妈求助，想要回我的兔子，妈妈都觉得开不了口。

回家后过了几个月，在我的再三要求下，妈妈才觉得这是件事儿，于是带着我去索要。但是小姨说："哎，早就不知道把它给谁了。"

可能在大人眼里，不就是一个玩具嘛！妈妈这么觉得，所以不好意思索要；小姨也这么觉得，所以很轻易地拿走了它，很轻易地将其送人。但是它不仅是我的玩具，还是我的心爱之物，没有人看到和理解。

这就是小孩的无奈之处。换作是大人，总会有人问问本人的意见吧？

现在我有了孩子，我时常会对她说："你愿意做那件事吗？你想要和别人分享吗？不愿意便不用勉强。"

有一位当老师的朋友跟我说："有一名学生敞开心扉跟我聊天，说他上课和同学说话、出洋相，其实是想得到老师和同学们的关注。他成天玩游戏、买装备，也是想让更多的同学认可他。"

这就是孩子的求关注的心理。如果他的欲望、情绪能够轻松地被看见和理解，那么，他就不必用一些非常规的方式来寻求关注了。

所以，别忘了孩子也有喜怒哀乐，请你关注他，真的“看到”他。

我终于与镜中的自己和解

文　珍

一

我一生中最频繁地照镜子的一段时光，是在25岁至27岁之间。那几年，我断断续续地在学弗拉明戈舞。

我看到自己的手在空中举着还未落下，裙子被另一只手提高还来不及扬起，左脚踏后，右脚向前。静止的那一刻，脸上似笑非笑。

舞蹈老师及时地让我从梦中惊醒。她说："看镜子！向10点钟方向甩裙子，头再迅速回正。"

我和其他同伴都照做。

"下巴要骄傲地收起，眼神要坚定，肩背要笔挺，要相信自己是最美的！"她厉声道，并反复强调，"看镜子！"

于是我继续看镜子。幻觉消失，我努力追随着镜中人的影像。

"不用笑。这不是照相，你不需要假笑。"老师说。

我喜欢这句话。我喜欢不必取悦任何人，只是坦然、平静地看着镜中的自己，目不转睛地等那张好端端的面孔随着镜子流淌成云，盛开成花，波光潋滟变为水，或者只化作一阵大风。

舞蹈练习室里最基础的设施就是那四面墙上顶天立地的镜子。你站在中央，向任何方向转头，都能看到自己的身影。那一刻，你甚至比在舞台上更像在世界的中心，因为不但别人可以从四面八方看到你，你也能凝视自身，如凝视深渊。

练舞时镜子主要用于调整姿态，然而就算这时候我仍忍不住注意自己的脸：天生左右不够对称的面庞，竭力微笑或者宣告放弃的鬼脸——总是一样愚蠢，一样没有自信。

二

我和镜子的缘分开始得相当晚。童年时代，我无从判断自己的美丑，因为没人肯提。在我家，关于长相的话题始终是一个禁忌。我10时岁坐爸爸的摩托车出去兜风，路遇熟人恭维，说我长得好看，爸爸回来复述，妈妈便说："好看什么？一只丑小鸭！"

我就这样默默当丑小鸭当了许多年。又因近视，我经常戴一副遮住半张脸的黑框眼镜，只有在做眼保健操时才会取下。

11岁时，父母都去了深圳，我被托管在奶奶家。偶尔照镜子，奶奶便骂："怪不得成绩不好——红漆马桶！"这是一句很厉害的骂人话，意思是只有光鲜的外表。

和我要好的同学告诉我："有人趁你做眼保健操时偷偷看你。"但我不觉得是因为自己好看，只担心鼻梁上有眼镜压出的可笑的印子。

这一切造成了我整个青春期面对镜子时的无法言说的羞耻感，因此我是绝不会当众照镜子的。

然而私底下，我仍然珍藏了一面小镜子，它的外形是巴掌大的卡通青蛙的形状，里面配的小梳子早就被我弄丢了。我独自一人时常常凝视镜中的自己。我怀疑过自己一只眼睛大，一只眼睛小；也怀疑过自己的鼻梁不够高挺；对着镜子练习微笑时露出 8 颗牙齿，午睡时也偷偷把它带上床。

迟来的自我觉醒和这面青蛙王子的小镜子一起，陪我度过了黯淡无光的青春期。上高中时有一次和父母去珠海玩，我却把镜子丢在了大巴上。我下车后遍寻不得，失魂落魄了许久，直到终于在座椅缝隙里找到那面镜子才安心。我爱它，如同爱并不完美的自己，认定只有它才不会照得我失真变形。

对于当时的我来说，没有比它更重要的朋友了，上大学后它依然陪伴着我。

我经常问它："魔镜魔镜，谁是世界上最孤独的人？告诉我，告诉我。"

来北京读研后，这面陪伴我超过 10 年的小镜子终于有一天被我不小心摔碎了。"世间好物不坚牢，彩云易散琉璃脆。"之后，我有好长时间都不再照镜子。又过了更久，我开始觉得照什么镜子都一样。

这面碎掉的镜子我一直保存着，时至今日，偶然拉开抽屉还会看到。我看着它，觉得十分亲切，就像在看我少年时代唯一的朋友。

三

开始接受全身镜中的自己，是在学弗拉明戈舞之后。

和六七个学舞的同学一起，排成一列，一模一样地甩头、击掌，提起裙子并抛至另一侧。从镜子中看到自己在集体队列之中，我有一种异样的平静。

舞蹈老师一直说："看镜子，要相信自己是最美的。"

我其实从未真的相信自己是最美的，而且早已明白美丑并不是那么重要的一件事。美也好，不美也好，总有一些东西是镜子无从了解，只有自己知道的。我学会了坦然面对任何一面镜子，接受任何形态的镜中人，也学会了面对这个遍地幻象的世界。镜子不过是镜子，自己永远都可以从镜子前走开。或许那面青蛙镜子决定碎掉，也不过是为了最终放开我。

我将毕生怀念与它共处的时光。它认识我的本质，远比我自己要早。

高处是我的弱项

［日］村上春树
译者：施小炜

从成田机场驱车赶往东京，我在路上看到一个眼生的、高高的东西，心想那是什么，仔细一看，原来是晴空塔。我不禁感叹，有一阵子没见，它竟长高了好大一截。就好像我看到熟人的小孩便感叹一样："不知不觉长成大人啦。"

其实我对晴空塔没什么兴趣，它建好后我大概也不会去。为什么呢？因为我原本就不喜欢高的地方。一言以蔽之，我有恐高症。

可是我太太最喜欢登高，旅行时只要遇到高楼和断崖，立马就想爬上去。托她的福，我去过世界上各种各样的高处，但每一次我都胆战心惊。

往上爬时倒也罢了，俯瞰下方时我总是两腿发抖，有好几次甚至都下不来了。路过的小孩子迷惑不解地望着我："这位大叔在做什么呢？"我真想劈头一声怒吼："这不是没办法吗？谁都有一两个弱项嘛！"可我又不能真冲着小孩子发火。

我唯一自告奋勇地攀爬上去的高处，就是墨西哥的金字塔。从下往上看，它显得并不太高，我便掉以轻心，嗖嗖嗖地往上蹿，一直爬到顶。然而从顶上往下一看，那情景实在是太可怕了。往上爬时觉得平缓的坡度，望下去简直就像悬崖一般陡峭。我腿脚战栗，冷汗直冒。但最终我像状态不佳的蜘蛛侠，紧搂着岩石，磨磨蹭蹭地总算下到了地面。

小时候家里养的小猫咪，神气活现地爬到院子里高高的松树上，这倒没问题，可一往下看便四肢僵硬，下不来了。我完全理解它的心情。它“喵喵”叫了一整晚，可我也没办法拯救它。早晨起床后，心想情况不知怎样了，我过去一瞧，已经连叫声也听不到了。从此以后，我再也没见过它的身影。

那只小猫咪到底去了何处？至今我仍不时感到奇怪：总不至于就那样饿死在松树梢上吧，在它身上究竟发生了什么事呢？

也许那只小猫咪羞于将狼狈相暴露在家人面前，因此下定决心：“好，不克服恐高症，我就再也不回家啦！”于是，它独自游历天下、修炼武功去了。说不定它还打算踏遍世界的高处，将自己重新磨炼一番。总之，由于某种原因它至今未归。这么一想，我就觉得小猫咪很可怜，便很想告诉它：“没关系，谁都有一两个弱项嘛！”可这是很久以前的事了，对方又是一只小猫咪。

我只想取悦自己

林小白

1

从小到大，我都是一个乖乖女。父母跟别人谈起我，总会说："她从不让我们操心。"

我并非出生在独生子女家庭，所以从小就知道，有些事是有"潜规则"的。比如，我想吃某个零食，但我会主动把零食让给弟弟，这样父母就会说"姐姐真懂事"；我还会主动要求买便宜一点的自动铅笔芯，做作业不拖延，认真整理自己的房间，就为了能被父母夸一句"真乖、真懂事"。

后来上学了，语文老师在我的某篇作文下写评语："这篇文章辞藻华丽，但我更喜欢你以往的写作风格，这篇有点华而不实了。"于是，我的作文再也没出现过那样文绉绉的文风。数学考试时，明明我很快就把会做的题都做完了，剩下一大堆再看也看不出答案的题目，我想提早交卷，却忍住了，因为老师说过"态度很重要"。

再后来上大学住宿舍，我和室友有些合不来，但为了融入她们，当她们大嘴巴地对某个女生评头论足的时候，我也会干笑两声；她们在看我不是那么感兴趣的《康熙来了》的时候，我也会坐在一旁，和她们一起认真看完。当时的我觉得，只有这样才能让别人感觉到我确实是想融入她们的。

后来，我工作了。第一份工作是电视台的记者，有位同事某天打趣地说："你以后别出镜啦，影响收视率啊。"我听完，愣了一秒，然后微笑着点点头说："嗯。"之后，我还真的是能不出镜就不出镜，就算迫不得已出镜了，也会在剪辑的时候把自己的镜头尽可能地剪掉。

直到今天，我回头看这二十几年，发现原来自己在这么长的时间里都在取悦别人。我始终在担心，别人会因为某件事，或是因为我的不顺从和不合群，而不喜欢我。

2

现在的我当然可以气定神闲地说"取悦自己比取悦别人重要得多"，但5年前的我，甚至更早的我，是无论如何也不会这样想的。

我常跟别人笑谈"我是一个人长大的"。在我成长的过程中，父母参与的部分少得可怜，跟大多数父母把孩子交给奶奶、姥姥管教有所不同，也没有哪个长辈来管我。但不管怎样，身为孩子，最想得到的关注自然是来自父母的。当父母不把注意力放在我身上的时候，我就会想让自己变得更好；就算无法变得更好，至少要变得更听话，这样父母才会对我说一句"真懂事"。

所以我上学的时候，特别想戴上"三条杠""两条杠"，特别想成为第一批戴上红领巾的人，第一批入团、入党的人。因为只有这样，我才有足够多的理由让父母注意到我，然而，每次都事与愿违。

直到3年前的一天，我母亲对我每次旅行都是一切决定好后才告知她而感到不满，她让我的父亲来跟我说“你不能这么先斩后奏”的时候，我才意识到，我好像很久都没有刻意取悦谁了。

3

我的叛逆期来得比较晚。在十几岁的年纪，我的叛逆被“顺从、取悦”取代了。即便我在很多个深夜都产生过要离家出走的念头，但天一亮，我又是那个文科有天赋、理科差到家的中学生。

即便到了大学，与室友不和一度激发了我强烈的叛逆心，我只是在QQ空间里写了一些文字，并没有到让我马上打包行李搬出宿舍的地步。

直到这几年，越来越多的人觉得我做的事情有点不一样了。

比如，我“突然”变得很能攒钱。我完全靠自己，走过了6个国家。我把这些攻略整理成心得放在网上，意外得到了很多关注，也引来了不少口水。我也第一次在微博上尝到了被骂的滋味。

比如，我“突然”变得勇敢。找不到旅伴，一个人带上三脚架，就去旅行了。我也“突然”变得很会旅行。我喜欢旅行，也很擅长做旅游攻略，所以总能打造一次性价比还不错的旅程。

比如，我做成了在旁人看来很难做到的事情，拥有了一些支持者，出了书，在多个平台露脸讲课，还因为爱阅读、会写作而受邀去北京参加了直播。

然而，这些事情，都是我不刻意取悦别人后才有的成果。

4

我是突然意识到自己好像为别人活了很久，却没有认真地为自己活过的。

我明明喜欢旅行，旅行花的都是自己的钱。但在我母亲向我表示，她对于我每年都去旅行而不把钱攒起来这一行为的不悦之后，我真的减少了自己的旅行频率和旅行的天数。

我明明很喜欢尝试各种各样的新鲜事物，但在家人说我为新鲜事物花钱都是在做无用功之后，我再次想要尝试一样新事物的时候，犹豫了很久。

我明明喜欢站在台上把一个观点讲明白，但在其他人表达自己想去讲的时候，我就会毫不犹豫地说“好啊”。

我总是不断屈就自己的想法，直到我第一次倔强地一个人去旅行。车上的其他人用不解的眼神看了我4天，即便如此，我也第一次感受到做自己想做的事，不顾他人的看法和言论是一件多么愉悦的事。

后来，我就越来越喜欢做自己了。喜欢做手工，就买一大堆材料自己做，不再因为别人的一句“这有什么用”而改变主意；喜欢下班后看书、看剧，就待在家里，不再因为别人的一句“你这个人怎么这么不合群”而担忧。

前一段时间，我的一位非常重要的朋友突然离世，让我更加明白，别以为一辈子很长，有时候，它短到你都无法相信。为了不让自己留下遗憾，为了来这人间一趟是有些意义的，我们至少应该做一些为了取悦自己而做的事情。活得越来越像自己，这可能也是真正成熟的标志。我爱我现在的状态，希望你也是。

向明天借一束光

王丹春

他们在谈及青春时总是给予青春无限的赞美，青春如同橱柜里最诱人的糖果，是阳光下最绚烂的色彩，是人群中最愉悦的笑容，是生命里最无忧无虑的时光。

然而撕破那层表象后，猛然发现，那些被美好包裹着的，可能是十几岁的我们最不愿提及的苦涩和心酸。

可生活总是要继续的，我们如何在十几岁的青春期走过那些恐惧不安、彷徨迷茫？看看下面的故事，或许对你会有些启发。

坐在楼梯上哭泣的女孩

初三的最后一个学期，第二次模拟考我又考砸了。班主任公布总成绩的瞬间我只觉得无比可笑，过去的一个月，我每天只睡五六个小时，不断做题，可这一切努力，在那个最终的分数面前成了一个彻头彻尾的笑话。

下课后，我走到教学楼顶楼拐角处的楼梯，坐下，从默默抽泣到号啕大哭。

分数就是很重要，父母也好，老师也罢，他们大都是通过最后的分数来评价我们的付出的。假如听到的是“考这么点分数，你是不是没用功读书”，这还不是最糟糕的情况，最让人难以接受的是，“这个孩子只会死读书，这么努力了还只考这么点分数，大概也就这样了”。

就是这样，他们轻易给一个人的能力贴上了标签。

那天哭完后，我抬头看见了一片橙色的晚霞，它美得令人赞叹。

我诧异地发现，自己好久没有抬头认真地看看天空、看看云彩、看看周围的花草树木了。自从上了初三，我的生活几乎全被试卷和题目占据了。

就在那个瞬间，我在心里做了一个决定：无论中考考得怎么样，我都要在毕业后去看海。结果那年中考的成绩没那么理想，也没那么差。我去了海边，看到了自己心心念念的海。

往后的生活中，每当遇到挫折，我就转个方向看看其他事物。有时候是一棵树、一朵花，还有的时候是邻居家阳台上晒太阳的狗和马路边拎着菜等红灯的大爷。

于是我知道了，生活不止眼前的困境，还有远方的诗意人生。

走下去，会看见光

我第一次真真切切意识到爸爸喝醉酒后有暴力倾向，是在小学刚毕业的那个假期。那天吃饭时，他板着脸喝闷酒，喝着喝着突然暴怒，嫌我妈做的菜不够好，然后把酒瓶一摔，掀翻了桌子。他并没有动手打人，但他的表情和嘴里吐出来的话，比过去任何时刻都让我恐惧。满地都是零散的、沾了土的菜，我忍着泪蹲下去收拾碎片，我的弟弟妹妹在一旁号啕大哭。妈妈站在炒菜的隔间里没有出来，我看不到她那个时候的表情。

生活在这里似乎走到了一个拐点。从那以后，我开始失去儿时记忆里风趣幽默又无条件宠爱我的爸爸。几乎在瞬间我做了这样的决定：无论如何我都要在以后的生活中远离他这样的人。

10 年后，我留在了外地工作。每次回家，他都尽量和我们一起吃晚餐，其间他的朋友打来电话约他打麻将，他对着话筒大声地回绝："啊……晚上不去了啊。我女儿回来了呢，一家人要一起吃饭的。"

然后在晚上 10 点多时，他大声地喊我："乖女儿，肚子饿了吗？想吃什么？爸爸新学了一种拌面非常好吃，要不要尝尝？"

我无法抹掉那个夏天傍晚的记忆，它依旧清晰，但我同样无法否认 10 年后冬夜里热腾腾的消夜所带来的慰藉。

生活总是这样，走下去，会看见光。

14岁的少年

2003 年春夏之交的一个夜里，宿舍里的其他同学已经酣然入睡，小 A 静静地趴着，然后从枕头底下拿出事先藏好的刀片，一边流着泪，一边颤悠悠地向手腕伸去……那一年，他 14 岁，在那个深夜，他沮丧到了极点，觉得生活已然走到绝望。

15 年后的同一个日子，小 A 在键盘上拼命地打字，双手灵活得像在跳舞。他目前就职于媒体行业，正编辑着一篇热点文章。如果你能够仔细观察他的手腕，或许还可以看到一条浅浅的印迹——但这可能仅仅是主观上的“看到”，因为过去的悠长岁月早已带走了那些伤痛的痕迹。

回顾那段遭遇，小 A 说：“时间太久了，我差不多已经记不清当初为什么会产生那些痛到窒息的悲怆。但直到现在，当我回想的时候，依旧能够隐约地感受到当时的那些情绪。那天晚上，我真的割下去了，不过不深，只划破了点皮。”

“在开始觉得疼痛的瞬间，一些别的念头钻进了脑海。我对自己说，我现在才 14 岁，我想看看自己 24 岁时的人生。”

“后来就到了 24 岁，那个时候的记忆更深刻。大学刚毕业，面临许多新的压力，心态却出奇的好。因为相较于过去，多了很多有意思的经历，对人生的感悟更加深刻了，对未来也有了更多的期待。”

“‘我想看看以后的人生’的信念，是我在那个夜晚学到的。”

以上三个故事，其实是发生在相似的人身上的事，从绝望到热爱，从耿耿于怀到释然，以时间为画笔，完成了意想不到的衔接。有些是瞬间的转化，有些是走过一段人生后迎来释然的全新的生活。无论哪一种，主人公都没有放弃在最低谷的时候种下名为“希望”的信念。“他们”都没有放弃走下去，看看下一段人生的风景。

也许每个人都会经过一段黯淡无光的岁月。它可能伴随着父母的谩骂呵斥，也可能面临学业上的沉重打击，可能是无论如何都处理不好与周围同学的关系，可能是在某个瞬间，被突如其来的绝望席卷，无法挣脱。

许多在后来看起来没什么大不了的事，在当时却成了困扰不已的难题。

其实，许多在当下无法面对、处理的问题，只要多一点耐心、多一点时间、多一点技巧，将它“打包”交付给明天，自然就解决了。

就如两岁的时候，我们无法流利地表达，走路跌跌撞撞。而现在，当我们随着时间走到了十几岁后，我们可以大声歌唱，我们能够迎着风奔跑。那些过去成长中最困扰人的难题，如今已转化为再简单不过的基本生活技能。而这一切，随着成长中的磕磕碰碰也就习惯了。

向明天借一束光，照亮当下的黯淡。

为什么被提问的总是我

鹿　隐

最近我发现几乎每个老师上课都喜欢提问，有拿着成绩单有针对性地提问成绩极好或者极差的同学的，也有随机抽学号的——“今天3月4日，那就请12号起来回答吧。”刚开始我总是摸不清楚这位老师点名的规律，但经过一段时间的观察与统计，我悟出来了！3月4日意味着老师可以点7号、12号、34号……也有“今天学习钱锺书的课文，姓钱的同学起来说说你对钱锺书先生了解多少……啊？不知道？你到底是不是老钱家的人啊？”或者“今天讲杜甫的诗，姓杜的同学起来回答一下……没有姓杜的？那就姓李的吧，李白可是杜甫的偶像呢”。还有很多英语老师通用“This line，go on”的开火车式提问……

我初二的语文老师是一个快要退休的老教师，人送外号“杨老太”。你上课开小差也好，睡觉也好，小声讲话也好，只要你回答得出她的问题，她就微笑着叫你坐下，当作什么事情都没有发生。但如果你答不上来，那肯定要遭殃，杨老太会把手中的课本“啪”的一声扔在讲台上："什么都不懂，在下面做什么小动作呢？"所以为了避免这种情况出现，如果你不能保证回答得出问题，还是乖乖地听课吧。

还有，每次老师提问某个同学时，下面一般都会有很多热心的"志愿者"喊出答案。在我不太确定的时候，我都会纠结到底要不要报出他们提供的答案。毕竟有些同学喜欢坑人，老师让我回答简答题，他们竟然说"选C"，安的都是什么心？

所以在听到别人喊答案的时候，我的心理活动通常就是"你说选B就是B啊？我跟着你说了，那岂不是很没有面子"，接着是"我一定要想出一个正确的答案亮瞎你们"，然后就是"哎，好像B是对的，要不我说选B吧？可是老师都听见他们讲的了"。最后我深吸一口气，面对老师期待的目光大声说："对不起老师，我不会。"哈哈，我可是要干大事的人，知之为知之，不知为不知……

我知道有些人脸皮薄，实在不喜欢被老师提问，一站起来就会紧张得什么答案都想不出来。其实并没有多少人在乎你答对还是答错了，很多你觉得尴尬丢脸的时刻，别人转头笑笑就忘了。仔细想想，你还记得前面的某某某上次摔倒的样子吗？你会因为别人答错了一道题就看不起他吗？

好吧，这一段纯属我为我自己上课回答问题喜欢胡扯瞎掰一通找的借口。

每次老师说要提问的时候，大家就会在老师扫视的目光中纷纷低下头。而我总是会在同桌耳边一直念她的名字，让她饱受精神上的折磨和痛苦。一直念一直念，结果，我就被老师叫了起来。

上政治课的时候，我不小心抬头的一瞬间跟老师对视了。老师非常满意地点了我："第三排戴眼镜的女生起来回答一下。"我在所有同学和老师的注视下，默默地摘下了自己的眼镜，然后用肘部撞同样戴着眼镜的同桌："哎，老师叫你回答问题呢。"

某次闲聊时，一名同学突然说："我发现语文老师很喜欢提问你。"噫，好像还真是这样的。

就拿周一来说，我压根儿就没听老师在讲什么。看到课本里的《垓下歌》的时候，我就想起刘邦写的另外一首作品，名字到底是什么，我想了很久都想不起来。我只记得内容是刘邦想废掉吕后之子刘盈而立戚夫人的儿子刘如意为太子，却遭吕后等人反对。面对戚夫人的哭泣，刘邦用这首带有楚辞遗风的作品表达了自己的无可奈何和并劝慰戚夫人。

我想着想着就入了神，甚至一路联想到了戚夫人最后的凄惨死状……所以说意识流这种东西，真的是一发不可收拾。

直到语文老师说"每个人对刘邦与项羽之间的较量都有不同的看法"，我才从自己的世界里醒过来。我心里陡然升起一种不好的预感，这时前桌还转过头不怀好意地朝我眨了眨眼。

语文老师说完这句话，就陷入了沉默，我心里警铃大作。

"现在我们接着看下一段。"语文老师结束了沉默，我的危机也解除了。我既感到轻松又有点遗憾，真是的，害得我白紧张了半分钟。

"这篇《垓下歌》写得太精彩了，把项羽当时的心情表现得淋漓尽致。"她扫视全班，我刚放下的心又悬了起来。

"这篇课文就讲到这里了。"警报解除，我松了一口气。

"那就请一位同学来评价一下项羽跟刘邦吧。"语文老师忽然看向我，虽然我早就有了准备，但还是被她吓了一跳。好吧，手起刀落，给我来一个痛快的，不然我迟早得被吓出心脏病。也许是老师听见了我心里的渴求，果然点了我。我站起来，把我在心中组织了好几遍的答案说了出来。我记得当时说的是："我觉得刘邦胜之不武，项羽输得坦坦荡荡，虽败犹荣。"天哪，我真是太佩服我自己了，居然能想出这么厉害的答案。

有时候我会想："为什么被提问的总是我？"我最喜欢的数学老师曾叫我背双曲线的概念，我断断续续地背了近10次，老师还是一直说："错，重来！"她还会在点名表上找好一会儿，然后叫我的学号让我上去做题。

历史老师在某一次交谈中匪夷所思地问我："这个你不知道？我上课时都强调好几遍了！"后面还补了一句："不知道你上课时都在搞什么！"听到这句话，羞愧之余的我也意识到自己即将遭殃。果不其然，下一节课我就被点名"起来回答一下"。可能是因为我的历史成绩一直都很好，所以期中考试后老师直接在班上说我是第一名。我既羞愧又尴尬，在老师投来的赞许的目光和同学们的掌声中频频摆手，不停地说"不是我，不是我……"

我突然想起我读五年级时的语文老师，她总说我是她最器重的学生，每一节课必定会提问我。这个问题比较难，就让我回答一下；别人的回答她不满意，就让我补充；甚至有时候当堂完成的作文她都没有批改，就让我上去念。

所以，我不禁困惑：为什么被提问的总是我？

我想了很久，想起幼儿园的一件事。每个小朋友都会分到半截玉米，而老师给了我一整个玉米。这对于不爱吃玉米的我无疑是一种折磨，我总是一边哭一边拼命地像吞药丸一样把玉米咽下去。直到长大后的某一天，我才懂得老师是因为喜欢我，才会给我一整个玉米。

看了这么多关于老师上课提问的情节，你有没有一种熟悉感呢？毕竟，同一个世界，同一个老师。

我的两个世界

姜　昕

小女孩独自趴在窗口。她的一只胳膊撑在窗台上，手托着腮，另一只手拿着一支铅笔，嘴巴咬着铅笔顶端的橡皮头；她微微仰着头，轮廓初现的脸上一双黑白分明的大眼睛定定地注视着窗外；她的面前摊开着一个日记本，那是她的“秘密日记”，那一页除了顶部的日期之外全是空白……她就那样久久地趴在窗台上，一脸的沉醉。白天里倔强地翘在脑后的马尾辫因刚刚试图睡觉被压歪了，也有点儿毛毛糙糙了。此刻，她当然无须理会这些，只管让自己整个人沐浴在月光中……

夜已经很深了，小女孩的爸爸、妈妈、哥哥的房间都早已经关了门，熄了灯，没有了声响。可是，她还没有入睡——她已经忘记了第二天一早她还要起床去上学，甚至忘记了她还只是个小孩儿，她什么都忘了——那是因为从窗帘的缝隙里跑进来的一束月光，那束淘气的光线不偏不倚恰好落在她的脸上，这让她小小的灵魂莫名其妙就无法安静了……那束光就像一双牵引着她的手，她不能再乖乖地躺在床上了。她从被窝里一骨碌爬起来，轻轻地拉开了窗帘……

那是她从未见过的夜晚，那么“明亮”。是的，那个美丽的夜晚留给她的印象就是这两个字。她从没想到月亮会有那么大的力量，竟然可以把夜晚的世界照耀得那么美丽：近处的田野、稍远的果园、更远处的山峦全都清晰可见，却又和白天的不同。它们像是被笼罩在薄纱般朦胧的东西中，又像是沉浸在干净而柔和的水中，而那层将她眼前的世界变得仿佛梦境般迷人的东西，正是月光。

她又轻轻地推开窗，探出头去，空气是那么清新，她东张西望，渐渐兴奋起来，觉得心间有些莫名的东西想要释放。她跳下床，打开书包，拿出铅笔盒，又从一个“秘密”的地方取出她最宝贝的浅粉色塑料皮日记本。她重新回到窗前，想记录些什么，可是，她只能写下日期，然后，她就对着窗外月光中的世界发呆了——她还没有能力捕捉那个神奇的夜晚带给她稚嫩心灵的冲击。可是，那正是美留给她最初的印象——那个夜晚的月亮仿佛就是专门为开启她小小的灵魂而照耀的！

那个小女孩就是我。

不知是因为我那时恰好拥有那间相对独立而又看得见风景的房间，还是因为我天生就是一只一到晚上就会两眼放光的猫……这一直是我小时候的秘密，我从未跟小朋友们提起过，我的爸妈更是从无察觉。他们只知道我早上总是起不来床，上课总爱迟到，却不知道晚上的我总不老老实实地睡觉。那时候，对于我来说，这只能是秘密，否则，我大概就不能继续享有那份作为一个小孩子实在无力保卫的“自由”了。

那是小学三年级以前的事情了。那时候，我们家住在西山脚下，而且我们家所属的那栋楼是家属院最里面的一栋，我的房间窗外的景象就是这样的：院墙外是很大一片麦田，接着是果园，苹果树、桃树、梨树、核桃树、枣树……一直绵延到西山的支脉；窗户右面是一片松柏林——那时在我的眼里，那可是“森林”，是和那些童话书有关的地方。我总幻想着，如果能在那儿碰到王子、七个小矮人，或者即便是巫婆，那以后的故事会是怎样的；左边过了马路就是山，春天的时候山上开满了杏花、桃花、梨花，秋天的时候漫山遍野的红叶混合着金黄色，那些色彩，就像记忆里的童年一样如梦如幻。那座山里结满了我小时候的故事，就像酸枣树上的果实，有酸有甜。我曾经在那儿眼睁睁地看着一条白蛇从我脚边爬过。记得还有一次暑假时，因为觉得用来浇灌农田的渠水颜色实在诱人，我忍不住想尝一尝，刚捧起来喝了一口，便被一个恰好经过的农民制止了，他说那水里有农药！他吓坏了，说得赶紧带我去找家长，我当然不敢让我爸妈知道这件事，就骗他说我只是洗了洗手……那个农民离开后我真的开始觉得肚子疼了，我以为我会死在那里，就抱着猫静静地躺在草地上等着。那时候，我不认为死是什么大不了的事情，我觉得让爸妈知道我一个人往山上跑才是可怕的！太阳快下山了，我还活着，肚子也不疼了，于是我就回家了。当然，这也是我爸妈很久以后才知道的秘密。

我小时候胆子特别大，喜欢四处乱跑，而且总爱带着我的猫。小时候，我们家陆续养过 6 只猫。它们的离开，是当时最令我伤心的事情。每天晚饭前，我做完了功课，都会抱着猫到田野或“森林”里玩，在林间和田埂上，我是一只喜欢奔跑的“小梅花鹿”。那时候我爸总是这么叫我。他的灵感来自我小学一年级时参演过的童话剧里的一只老是上红毛狐狸当的小鹿，头上用发卡别着犄角……那时显然也是我的猫一天里最开心的时候，它会像只小狗一样在我周围欢蹦乱跳，时不时还会尾随一只蜻蜓、蝴蝶、小鸟什么的，不见了踪影。只要我一喊它的名字，它就会从某个草丛深处探出灵巧的身影，然后一溜烟地又回到我身边来……太阳快要落下山的时候，天空里耀眼的云霞常常会让我呆住，我甚至听不见妈妈开窗喊我回家吃饭的声音。

不过，你们千万别以为我是个孤僻的孩子，事实上，根本不是那样的。我那时不仅是个野丫头，还是个小红人。不管是和男孩们一起爬树、上墙、玩打仗，还是和女孩们玩跳皮筋、编花篮，我都是绝对的能手。

我说的这些只是我小时候的另一种快乐。

对于我来说，好像从很早开始，我的世界就有两个：白天的世界和夜晚的世界。其区分就像是和小朋友们在一起的世界和我一个人的世界；现实的世界和我心里的世界。直到今天，我也从未打算区分，它们之间我究竟该更在乎哪个。因为，它们就像白天和夜晚的交替，带给我不一样的快乐，自然而然地，也构成我生命的整体。

谁在年轻的时候没当过“非主流”

纸　刀

从13岁开始，我就和衣服较起劲儿来。这种较劲儿，几乎贯穿了我的整个青春期，成为我青春岁月的主题。

我永远记得自己第一次想要“由自己决定穿什么”的情景。此前的十多年里，我的衣服，要么是捡表哥们的，要么是父母单位发的工作服，这是我们那个时代的同龄人更新衣服的主要方式。但这种方式在持续了13年之后，遭到了毁灭性的打击——那天，学校集会，我和同学在队列中小声说话被老师发现，老师声音尖利地喊着我的名字，说：“你穿件花衣服，在队列里晃来晃去，现眼啊？”

我的这件衣服，是我最不愿被人提及的伤疤。这件衣服是妈妈单位发的工作服，她为了让我能穿出门，特意将有些暗花的衣服染成了黑色。但染料在无数次的洗涤中渐渐褪去，把我忌讳的“花”显露了出来。而我，一直以一种侥幸的心态，期望大家“看不见，看不见”。但遗憾的是，别人不仅看得见，我的痛处还因为一次小小的违纪，被老师血淋淋地点了出来。

那天晚上，我哭了一夜，咬着牙向妈妈提出：“今后我的衣服一定要自己选！”我坚决不再接受他们强加给我的任何衣服。

妈妈看着我凄惨的表情，想了想，就答应了，但和我约法三章：第一，不许选奇装异服；第二，不许选太贵的衣服；第三，只许买耐脏的黑色或蓝色。

虽然限制很多，但与充当“垃圾桶”、无条件地接受各种旧衣服相比，已算是前进了一大步，只要不被逼着穿那些被人取笑的别人淘汰下来的衣服，让我干什么都行。

但想法与现实并不一样。当我拿着妈妈交给我的15元钱跑到服装一条街去溜达时，我顿时认识到理想与现实的差距。15元，这笔相当于妈妈1/4月工资的“巨款”，在那条刚刚兴旺起来的小街上，就如同一粒盐掉进了水缸里，微小得可以忽略不计。而当我走进那条现在回想起来已非常落伍的“初级阶段集市”时，如同进了大盗们藏宝的山洞，各种我闻所未闻、见所未见的好东西，把一种巨大的“不满足感”冲入我的心中，让我在大开眼界的同时，也对自己的生活现状产生了强烈的不满。

照说，按当时的物价，用我手中的钱买一件时兴的运动衫是没问题的。但由于此前“欠账”太多，加之老师的一声棒喝，我感觉自己缺了太多的东西——外套、内衣、裤子、鞋子、帽子、书包、皮带……这些需求，像一群巨大而疯狂的饥饿的野兽，而我口袋里的那15元人民币，则像一只瑟瑟发抖的可怜的羊羔。我那时的惶惑与不满足感，是你们可以想象到的。

当时还没什么名牌概念，最贵的西服，也不过七八十元。那时的服装制造商，借着人们崇洋的心态，随意地给那些服装取些外国名字，它们便可以卖得风生水起。

那些衣服我买不起。买不起，而硬要认同那个标准，是一件痛苦的事。这时候，我们无师自通地学会了用阿Q的思维方式来解决面对的困惑，将我们买不起的那些东西，都当成非我族类的丑东西。这种“吃不到葡萄就说葡萄酸”的心理，很巧妙地将“买不起”变成了“不屑于要”，这不仅解决了我们心里不好受的问题，更重要的是，在我们周围形成了一个小小的气场，一群境遇相近的人因强调某种共同的特征而紧密地团结在一起，从而让单个的虚弱个体变成强大的群体。我们就是这样，用一大堆军挎书包打垮了班上刚刚冒头且有些不可一世的皮书包。

我的15元钱，最终依照这个原则，买了一件“公安的”衣服。所谓“公安的”，就是一种蓝色的确良的仿公安制服，这种化纤衣服在当时绝对是半大的小毛头们向往的一种服装，它开启了我自主选择衣服的旅程。

我家乡的“的确良热”，是被一个外国人改变的。那是一个金发碧眼的外国人，在他看来，纯棉质地且越洗越白的劳动布，比的确良要好。这个外国人的观念，直接改变了我家乡人民的着装品位。一时之间，劳动布工作服纷纷出现在大街上。

越来越渴望受到人们关注的我们，远远不满足于把工作服原样穿上街，我们已开始有了我们自己的标准——衣服一定要有旧的光感和质感，还要有熨帖时尚的样式。这恰是工作服所不具备的。因此，我们决定找人帮忙改，但到服装店一问，工钱比买新衣服还贵，于是就决定自己动手改。一个下午，我趁父母都不在家，对一条无辜的新劳动布裤子下了手。

那时，我的目标是自己做一条外国人穿的牛仔裤。据我的观察，那种裤子最大的特点便是紧。这还不容易吗？把劳动布裤子拆开，把每块零部件沿周边剪小一圈，再原样缝好就成了。我为自己的聪明暗自激动了一回，怎料我为这个小聪明付出了惨重的代价——我和我的那条裤子，成为所有同学怀旧时必提到的一个笑柄，一笑几十年，经久不衰。

我匆匆忙忙地把裤子连起来，就像拼好世界上最难的一幅拼图那样，长长地舒了一口气。仔细端详那条改后的劳动布裤子，我相信那条裤子如果有妈的话，恐怕连它妈妈也认不出它来。两条裤管粗细不匀，还长短不一；没有锁边的裤缝中露出长短不一的毛茸茸的线头；裤腰依旧很大，像一只畸形的蝌蚪，张着大嘴，拖着两条病态的尾巴……

我被自己神奇的破坏力震惊了。而且我居然打算用“特色”为借口来安慰自己，并说服自己，艰难地换上它，走了出去。鼓励我这么干的，有如下几个理由：第一，县里几个唱歌的年轻人曾穿过撕掉袖子的衬衣在街上走；第二，几个写诗的大哥哥故意在裤子膝盖处剪出破洞；第三，在重庆学美术的三哥，把一条裤腿剪下来套在头上，就成了一顶帽子。他们的这些“杰作”，在小毛头们那里获得了阵阵尖叫声和口哨声，这在当时就算是最牛的赞同了。

我和我的特色裤子，没有那么好的运气。人们用一系列捶地喊肚子痛的动作，击碎了我惴惴不安的侥幸。连最厚道的人，也以一脸强忍的坏笑，同情地看着我。

那不是我最后一次与衣服较劲，但绝对是最糗的一次。正因为这次教训，我在刚参加工作的第一年，每个月花大部分工资拼命去买衣服，改变自己的装束，想以此找回自己当初被那条变态裤子丢掉的自尊心，也想以服装的改变，向人们证明我与以往不一样。

命运对我们的爱，藏在练习期

韦　娜

我对“43”这个数字有莫名的好感。

最爱的一本书《小王子》里，小狐狸坐在小王子的身边，陪着他看日落，看了一次又一次，内心汹涌澎湃，直到看了43次，小王子终于离开。小狐狸却一句话也没有说。每次看到这里，我都觉得小狐狸很傻，“像风吹过金色的麦田”，或许是她安慰自己的傻话吧。

读这本书的时候，我还在上高二。由于太沉迷《小王子》这个故事，从课间一直读到了下一节课上课，我甚至没有察觉英文老师叫了我的名字，让我去讲台上默写单词。

她走到我的面前，没收了我正在读的书，全班同学都在看我。其他的我什么都不记得了，只记得他们哄堂大笑的声音，还有我碎了一地的自尊。

可放学后，我还是鼓足勇气，想去找英文老师要回《小王子》那本书，我想看完它。虽然英文老师是一个很凶的女老师，但我想试一试。

我到她家门口等她。她很晚才出现，看到门口的我，很惊讶。大概是被我的执着感动，她说第二天上课，会把书带给我，但会让我去讲台上默写英文单词，希望我不要再出丑。

如约，以后的英文课，我再也没有出过丑。因为这次经历，我开始喜欢这位很凶的英文老师。

她似乎也关注到了坐在角落里的那个黑黑胖胖的我，会不时地和我聊天，问我最近在读什么书，有时也会给我推荐一些好的翻译作品，并让我把看过的书讲给她听。

我最初的阅读书目，的确是来自她。年少时，我不懂珍惜与她交流的机会，但现在回想起她，脑海中会不断地美化她，觉得她好像一直站在午后的阳光里，和我安静地交流她在大学时读过的一些好书。我很怀念她。

读高中时，特别辛苦。除了平时上课，假期和周末还要去学画画，但只要有空闲的时间，我就开始看书。

后来，上了大学，在画室里画画，就我一个人在画牛头。一个男孩跑来，站在我背后很久，突然说了一句："你画的这个马头很美。"

我无奈地告诉他，自己画的是牛头。虽然他认错了，但我还是觉得他很可爱，莫名开始喜欢他。

西南交通大学当时有去法国读书交流的机会，他因为成绩优秀，就被交换到法国读书。我表明了自己的心意后，他说，假如我能给他写 100 封信，他就答应和我在一起。

可当时我真的不知道写什么，只好把我看过的书，写成故事，用电子邮件传给他看。他也会回我的邮件。我写到第 43 封的时候，突然间没了力气，不愿再写，一段朦胧的好感就此止步。

但直到今日，我还是很感谢他。如果最初和他没有100封信的约定，我不会去看那么多书，更不会颇费苦心地把很长的故事，用自己的方式复述出来给他看。

10年后，我成为读书会的一个阅读推广人，我要做的工作，就是把自己看过的书讲给别人听。可命运早在这之前，就开始让我练习读故事、写作、感受，而我并未察觉。

我开始相信，每个人都有一段很长的练习期。一个人的时候，练习怎样去生活；两个人的时候，练习怎样去爱、去理解、去付出。只是命运让你练习这些的时候，并不会告诉你，在后来的生活中它要送给你怎样的礼物，让你的人生得到怎样的嘉奖。

感谢那些练习的时间，让我懂得了爱，懂得了什么才是最好的、最适合自己的生活。我年轻过、热泪盈眶过、冒失跌倒过、被人嘲讽过，也曾一个人走过风雨、陷入无尽的绝望，但我走过来了。在当初的那一刻，我曾怨恨上天不公，可走到现在，我想，不妨把所有过去的时间，以及当下，当作一段未来的“练习期”吧！

你不用那么“有趣”

那　夏

一夕之间，“有趣”似乎成了一个炙手可热的标签。

对一个人褒奖，除了那些关乎外在的溢美之词，更多的时候，你会看见一种千篇一律的含糊说法——“有趣”。

我是不知道这个“有趣”的范畴是如何界定的。但我能肯定的是，“有趣”绝对不是恋爱关系里的灵丹妙药，和“有趣”相比，真诚、理解、包容、协调、同步……这些朴素到丢进《辞海》里便找不着的词，才是我心目中维持稳定关系的秘诀。

我从来不认为我是一个“有趣”的人。

最近我的生活是怎样的呢？睁开眼就是洗漱，洗漱完准备吃饭，吃完饭之后，我会迅速规划好一天的工作，在下午 4 点 30 分之前结束上半段的工作，收拾好健身服，去健身房运动。

回到家后，下半场的工作又开始了。

一天工作结束的时间会由当天的工作效率来决定，运气好的话，10 点前能完成。然后我可能会看书，或者看一部电影。

并没有那么多姐妹们的聚会，每次看到朋友圈的年轻姑娘又去喝酒、蹦迪了，我连羡慕的感情都挤不出来。因为我根本吃不消那种玩法。在酒吧或者KTV里熬一宿，往后3天，我的精神会持续萎靡。

不用怀疑，我已经不会为了刺激而去透支我身体的幸福感了。

但哪怕是这样的生活，我也并没有觉得无趣。

因为我一直在做自己喜欢的事，注意力一旦集中在想做的某件事上，就很难抽出精力去思考我有没有花工夫变得“有趣”。

有趣对我而言，是创作的过程，而不是一句漂亮的恭维话，或一个时髦的标签。

还记得前两天趁着假期，我和几个朋友去参观一个朋友的新家。大家一进门就被吓坏了，墙是一整面的镜子——用来跳爵士的。客厅既没有沙发也没有电视机和茶几，只有一张巨型桌子，她解释是用来写毛笔字的。

我们观摩了一下她的书法，摸着良心说，那字写得真不怎么样。她因此被我们嘲笑了一番。

但怎么说呢，我觉得她活得挺有趣的。

不过与她充实的生活相比，她在社交网络里呈现出的自己，却是一个面目模糊到几乎让人记不住的人。她从不晒爱好，也不自拍，但其实她长得挺漂亮的。

“有趣”不应该是一种目的。不是因为我想变得“有趣”而去培养某种爱好，或是选择某种生活方式。而是因为我对某种爱好或者生活方式产生了兴趣，才决定选择它。

要知道，世上大部分的趣味都不是目的，而是刚刚好的结果。

你最欣赏的性格是什么样的

第四条鱼

1

以前支教的时候，班上有一个贫困生。当时那个男孩子只有 12 岁，爸爸去世得早，妈妈跟别人跑了，他和年迈的奶奶相依为命。

他每天一起床，就得先做农活，然后挑水做饭，之后才急匆匆地赶去学校上课。放学后他又要去放牛、割草，把家里的事情都忙完后才能写作业。

一个十几岁的孩子，身体都没有发育好，却要和大人一样做农活。我曾经看过他割麦子的样子：戴着一个草帽，握着镰刀，一低头几乎就看不见他的人了，烈日炎炎下，他的动作缓慢却坚定。整个画面就像凡·高的《麦田守望者》。

这个孩子成绩特别好，当时学校有两个数学竞赛名额，我把他报了上去。去市里考试需要一天时间，中午吃饭的时候，我看到他拿着两个干馒头就着白开水在那吃，就把他带去餐馆吃饭。我点了几个小菜，他却迟迟不动筷子。

我问："你不饿吗？怎么不吃饭呢？"

他支支吾吾地说："我没钱。"

我拍了一下他的头："和老师一起吃饭，能让你出钱吗？快点吃，下午好好考试。"

他感激地看了我一眼，然后才狼吞虎咽地吃起来。城市的一切对他来说都是新奇而陌生的，他兴奋地望着那些高楼大厦和电子屏，仿佛看到了新世界。那一次他发挥得很好，得了一等奖，县里还专门派人把奖状和奖品送到学校。其实也不是特别贵重的奖品，就是一块电子手表，估计也就几十块钱，但他把手表握得紧紧的，仿佛拿到了宝物一样。

这个孩子沉默却不敏感，并不像一般贫困生那样容易自卑。

我去他家做家访，虽然早听闻他家很穷，但亲眼见到的时候还是震惊了。这是一个怎样的家啊！黑黢黢的两间房，满是灰尘和杂物，唯一的电器就是一台黑白电视机，还是搜不到信号做摆设的。他却很大方地给我找了把椅子，然后拿开水瓶给我倒了杯水，像个大人一样招呼我。他的奶奶拄着拐杖颤颤巍巍地出来，说："这孩子从小就懂事，脑袋也聪明，就是命不好，两个大人都靠不住，老师你多照顾一下他。"

面对老人的嘱托，我只能红着脸点头答应，但我自知没什么能力。我也不过是个支教的大学生而已，能改变什么呢？

我只能尽力去教他。我经常对他说，人想改变现状，就要拼命读书；人要突破逆境，就得拼了命去努力。

2

他也确实这样做了。他经常去镇里的书店看书，从村子到镇上，步行要两个多小时。他早上出门可能中午才能到，回来时有时候天都已经黑透了，他却不觉得疲倦，脸上常挂着满足的笑容。

这个孩子有两件事让我印象深刻。第一件事是有个学生被牛顶伤了，大概是那个学生调皮，故意去挑衅路边的水牛，结果牛发狂用角把他顶伤了，伤得特别严重，胸口都出血了。这个孩子看到后，疾步跑过去扯住牛缰绳，将绳子系到一棵树上后，背起那个受伤的学生就直奔村医务所。

结果受伤学生的家长赶过来，二话不说就给了他一巴掌，怒骂说肯定是他没牵好牛才把自己的孩子弄伤的，如果有什么问题要他偿命。

旁边的小孩子连忙为他辩解，说那牛是别人家的，他只是帮忙救人而已。

那位家长讪讪地看了他一眼，却没有道歉，扭过头看受伤的儿子去了。

他的脸都被抽红了。他捂着脸走到门外，然后蹲在地上哭起来。农村往往是这样，没爹娘的孩子好像活该被欺负。

但是后来，他还是会毫不犹豫地去帮别人，因为善良已经刻进他的骨子里。他说他的奶奶经常教导他，要做一个好人，哪怕做好事受了委屈，也不能去当坏人。

第二件事就是村子里的大孩子要抢他的手表。他当然不会给，大孩子就把他围起来打，下手也没轻没重的，他的脑袋和下巴都被打出血了。

有个大孩子打红眼了，拿起一块砖头说：“你到底给不给？不给我砸死你。”

他把手表护在胸前，眼神里满是倔强。

那孩子说砸就砸，砖头砸在他胸口上，他闷哼了一声，疼得都掉了眼泪，却还是不肯求饶。我那时赶到现场，给了那个大孩子一耳光，吼着说：“你想做什么？把你爸喊来！”

那个大孩子还还嘴：“你给我等着，我爸来了打死你。”

我又给了他一耳光。他终于怕了，开始哇哇大哭。结果那个家长赶过来，因为我是支教老师，又是大学生，村民都对我很客气，那家长给我赔了个不是就把孩子拎走了。我把躺在地上的孩子扶起来，掀开他的衣服一看，胸前瘀青了好大一块，我说：“下次再有这种事，你先把东西给他们好了，老师事后会给你要回来的。”

他擦擦眼泪说：“这是我最看重的东西，我不会给他们的。”

我这才想起来，这块电子表是他比赛获得的奖品，是他长这么大赢得的第一份荣誉，对他而言，有着无可比拟的意义。

3

支教结束准备离开的时候，我特意去书店买了几本书送给了他。每本书上我都写了一些话，我并不能给他多少物质帮助，只能尽力给他一些希望和勇气。

7 年过去了，他以镇上第一名的成绩考上了南京大学。他特意给我发了信息，说谢谢我当年的教导。

我只觉得感动，因为我能想象到这个成绩背后的艰辛。他读书时交的学费，每一分钱都是省出来或者借来的；他的每一件衣服，可能都有补丁和线头；而在每一个寂静的深夜，他都会和恐慌不安做对抗，一次次地给自己打气，鞭策自己拼命走下去。

天行健，君子以自强不息；地势坤，君子以厚德载物。

世上有一种英雄主义，即遭受了不公的命运，认清生活本质后依然能无畏前行。作为一名老师，我感到惭愧，因为我从他身上学到的远比我教给他的要多。

每个与闹钟相伴的清晨

鱼　巴

“丁零零”，闹钟每天早晨 6 点准时响起，我的眼睛还迷迷糊糊地睁不开，手已经条件反射般向床头柜上闹钟的位置摸索。

夏天的早上，太阳出来得很早，6 点的时候，阳光已经透过窗帘照进屋子里，微微睁开迷糊的眼睛，只觉得明晃晃的，叫人留恋昨晚的好觉，不愿意醒来。

昨晚做了一个怪梦，从周六的休息场景不知怎的一下子转到了明天，也就是考试日，梦里的我满脑子都是“怎么办呀，还没学会呢”。考场也像是一个陌生的场地，发下试卷一看，卷子的前半张是数学，后半张成了语文，夹杂着不知是前几日还是好久以前留在脑海里的英语试题，无厘头得很，梦里都是手心发汗的紧张情绪。试卷的每道题我好像都见过，却又完全不会，没过多久，“丁零零”，恼人的交卷铃声就响起来了。

“丁零零——”

交卷铃声响个不停，试卷没做完可怎么交啊，真叫人慌神。

“丁零零”的声音一直持续，慢慢变得清晰，也让人感觉熟悉起来。嘿，这不是家里的闹钟在响吗？

6 点准时响起的闹钟声总是钻进我的梦里，拽着不情不愿的我从美梦或者不怎么美的梦里醒过来。

有时候闹钟响起时恰巧正做着美梦，梦里我正和好多朋友一起玩耍，香喷喷的美食摆满了桌面。“丁零零”的闹钟声突然不知道从哪个角落传来，响了好一阵子，我才终于从梦中醒来。这时候妈妈正在厨房里做早餐，乒乒乓乓、咕噜咕噜地响着，原来梦里食物的香气就是妈妈做的早餐的味道。

摁掉闹钟以后，我总是习惯在床上愣神几分钟，挣扎着不让自己躺回被窝继续刚才的梦境。

“快点洗漱！闹钟都响过了，怎么还不起啊！”妈妈在厨房中气十足地喊着。我这才慢慢地爬起来，换上校服去洗漱。

好像每个人的学生时代都躲不开闹钟的身影。我周末和同学去看了一场青春电影，银幕里长相精致的女高中生也和我一样被闹钟声从美梦里叫醒，不过她做了一个和帅气的男神相遇的美梦，而且一睁眼就已经是美丽的模样。就算不照镜子我也知道，刚被闹钟叫醒还睁不开眼睛的我，脸肯定肿成了大饼状。

“丁零零”的闹钟声贯穿了我的每个学期，直到假期来临才能稍微消停一下。睡眠质量奇高的我，在学生时代总是伴着闹钟“丁零零”的声音醒来。迷迷糊糊之间，闹钟声仿佛成了一种学习的暗示，是一天美好的开端，每天的活力从闹钟响起开始，在进入美梦时结束。

床头的小闹钟我已经用了好多年，换过了几回电池，依然还在坚持工作着，准时准点地在 6 点响起，陪伴着我从睡梦里醒来，陪伴着我开始一天的学习。

我们不是认输，只是放过了自己

苏　芩

从小，我就是一个很敏感的孩子。很容易被激怒，会因为不太感动的电影背着人哭得一塌糊涂，别人的一个眼神儿有时会让我愣上半晌……用长辈的话说："小小年纪，心事重重。"

性格爽利干脆的妈妈，似乎并不欣赏我这样多愁善感的女儿，她总是鼓励我去跟班里那些个性像男孩的女生多接触。她给我剪极短的头发，只让我穿各种长短的裤子，给我买的衣服总以冷色为主。但这样并未矫正我敏感的情绪，而我也就这样一年一年地长大了。

因为体弱多病，加之后来转学，到了新的环境，我很害怕被同学欺负，也最讨厌恃强凌弱的人。记得小学转学至另外一所学校，班里有一个很淘气的男同学，最爱欺负弱小的同学，很喜欢看同学求饶的样子。因为一点点小事，我的手背被他的长指甲抓得血淋淋的。我咬着牙，昂着头，一脸豁出命去的表情。我的不服输，让他倍感扫兴。此后几年，我时常被他有意无意地踢一下、撞一下。我从不求饶，也不寻求帮助，似乎生怕老师教训那个男生，显得我弱小不堪只会打小报告。妈妈看到了我手上的伤，惊问原因。我扯了个理由：“做值日时被铁丝划的。”此后一段时间，妈妈和姨妈们总端详着我的手背担心：“这么漂亮的小手，不会留下疤吧？”留疤我不怕，我只怕被人知道是因为我打不过别人才被印下这羞辱的疤痕的。

现在想来，那个年纪我真是倔强得不可思议！

初中时我有一个最要好的女同学，成绩极好，但性格也极柔弱，常常被班里几个调皮的男生欺负。现在看来，说“欺负”有点严重了，在青春叛逆阶段，似乎很多人都有过一些讨人嫌的举动，越是成绩好的同学，越要跟她调皮一下：拽一下她的头发，故意踩一下她的新鞋子，恶作剧地在她的铅笔盒里放一只飞蛾……其实就是一种挑衅，以此彰显：我也有胜过你的地方！

那一次她又被恶作剧作弄了，在旁边的我终于忍不住爆发了，看着对面 3 个幸灾乐祸的男生，和他们约架：“有本事你们仨中午别走！”

他们当然有这个本事，三个高个子男生，俯视着我这样一个瘦得像一根小竹竿的女生，有啥不敢赴约的?!

那天中午放学后，我把一脸紧张的她赶出教室，门一闩，就剩我们四个人。三个男生嘻嘻哈哈，嘴里吐着各种轻蔑的言辞，但都没有动手的意思，因为没人相信一个体育成绩从来没及格过的女生会干“单挑”这种傻事。于是先动手的必然是我，我甚至都忘了当初是怎么拳打脚踢的了，但必须承认，他们只是稍微应付了一下，他们，中的任何一个人真出力气，我都不是对手。但最终我那种决绝的眼神儿可能还是有些威慑力的，他们率先拉开教室的门，留下一句“好男不跟女斗”，一个个快步离开了。

从教室到校门的那几百步距离，眼泪一直在我的眼眶里打转，好姐妹在旁边小心翼翼地给我鼓劲儿："你要是哭了，就输了。"小孩子真是可爱，我就那么把脑袋仰起来对着天，迎着正午的太阳，把欲滴的泪水蒸发个精光。

可能连她也不理解，一件小事，何至于如此大动干戈？其实那时的我也不明白，只是觉得不打这一架，整个人都过不了这一关。

现在回想那个佯装强大的自己，实在弱小得让人心疼。

20 年后，我长成了现在的样子。回头细想，竟然完全无法把这两个人联系到一起。

不一样的，首先是性情。

那时候我是阳光的，却容易被乌云遮蔽；现在我也是阳光的，坚信自己内心的阳光可以刺破阴云。

现在常有人问我："你的幸福秘诀是什么？"

"我呀，我这个人就是记性不好。"

曾经发脾气，三天五天哄不好；如今生气，5 分钟后就觉得没必要。与朋友、亲人、爱人产生矛盾，大多数时候我成了主动退让的那一个。刚刚还吵得不可开交，10 分钟后一扭脸："今晚咱们吃什么？"气得家人啼笑皆非："你刚刚还在跟我吵架呢！"

我常说，一个人的成熟和自信体现在他处理怒气的时间长短上。忽然明白了自己和那时最大的不同是：我已经不再认为认输是一件没面子的事。

当不再需要靠别人的屈服来证明自己的强大时，才是一个人真正走向强大的开端。

现在的我平和多了，也懒散多了，老朋友总说："你没有之前那么强的好胜心了。”

我不反驳。

其实当你得到了很多你想得到的东西，也知道有些东西即便努力也终究无法近身，生活就变得简单多了。我们不是认输，只是放过了自己。

如今的我常常认错，也懂得原谅别人。这并非我比他人高尚。我不在乎在感情中把姿态放得很低，因为在其他方面，我有站得起来的能力！

写给童年的一封信

朱德庸

你不认识我，但我已经认识你很久了，我必须承认，有很长一段日子，我几乎把你忘了。

我再度想到你是2000年。那年，我的孩子9岁，我陪着孩子过他的童年时，我自己也重新过了一次童年，那时，我才把你从我记忆的墙角找了回来。

我写这封信给你，是想要谢谢你。每当我感到困惑和彷徨时，你都会给我方向，那个方向也许不符合社会价值观或众人的期盼，但符合我自己内心的感觉，那种感觉就是一种快乐和知足。

你对人生怀有各种疑问。现在的我，可以给你一些答案。

你曾问："幸福是什么？"幸福不是一辈子平顺富有，而是找到一个可以陪你度过人生逆境的人。

人生是什么？人生就是一座迷宫，你花前半生找入口，然后花后半生找出口。

成功是什么？成功是就算所有的价值观都变成钱的时候，你还是不违反你的天性，永远拥有梦。

我不确定这些答案是否正确，也许，二三十年后的我会再写信给现在的我，如同我现在写信给你。当我再次迷茫时，我会乘坐脑中的时光机器去找你，让你告诉我，我是谁。

谢谢你，小时候的我，我会和你一起用我们自己单纯的方式，在这个时代里慢慢向前走。

去喜欢自己的“不够可爱”

杨熹文

我有很多不想让别人知道的缺陷。

比如，我笑起来很难看。

酒窝长在颧骨上，牙齿长得很崎岖。曾看过一张别人相册中我大笑的照片，我表情可怖、面部扭曲，导致我在很长的一段时间没了笑，或者刚刚有了笑意，就下意识地掩住嘴。

比如，我的腿型很难看。

在最好的年纪我从没穿过裙子，总是用肥大的裤子遮身。我揣测每个人的目光，觉得那里面有评判的意味。我低着头，自卑而乏味地走过青春，如果有谁说起哪个人的身材曼妙，我的目光遥望，心里的羡慕，转眼就变成深深的苦恼。

比如，我没来由地恐高。

站在任何高于 1 米的地方腿就会发软。乘电梯永远不敢站在最外面，唯一勇敢的时刻，就是鼓起勇气上了“海盗船”，却在开始前大喊着“我要下去”。我就是这么一个胆小鬼，永远与刺激的消遣绝缘。

比如，我很抗拒人群。

把我放在人群中，我就会下意识地局促，额头会渗出汗珠，脸会红成一片。我不喜欢置身于热闹中，总是在寻找一点孤独。我看起来是那么的格格不入，可就是无法摆脱“一个人喝酒读书”的舒适区。

比如，还有很多比如。

还有很多不想让人知道的缺陷，曾被我小心遮掩在皮囊之下。一个太过缺乏安全感的我，总是仔细辨认着别人眼中的自己——这个我，她有没有说错话？她做的事对不对？她有没有暴露缺陷？她够不够讨喜，够不够完美？

那些年我的生活重心是“做一个被别人喜欢的人”，哪里有什么做自己。明明有很多想法，却表现得怯懦，明明还有一些优点，却紧紧盯着缺点不放。被家庭管教太多的孩子是否都有同样的感受？我总觉得哪里有双眼睛，对我的一个细微动作，都要评判分数。而我，作为选手，只想成为完美本身。

读张艾嘉的《轻描淡写》，这是她的散文随笔集，其中《此时此刻》是我最喜欢的一篇。张艾嘉一生都在拍爱的故事，一个知性女人的文字，这一次从男女情爱过渡到最珍贵的爱——爱自己。让人读了心里感慨，原来不只是我们，任何人的成长都是个漫长的过程。成长，是不再较劲，是和自我和解。

张艾嘉坦白地说起过去的故事。在与人合作拍电影的时候，她需要扮演一个古装角色，当搭档的台词中出现“你那樱桃小嘴”时，全场因这不相匹配的形容而笑翻了，也笑伤了她的自尊心。

她用了很久才从阴影里走出来，最后得出一个深刻的结论：“千万不要期望全世界的人都喜欢你，千万不要相信自己可以成为一个完美的人。当我接受了自己的缺点时，反而能够更轻松、更坦然地去做我有能力做好的事。”

我没想到，这个我向往成为的女人，竟然也独自走过坎坷的心路。

那些年我没办法面对他人的目光，当别人指出我的缺陷，我会哭，会难过，会睡不着。我狠狠地羡慕别人——那些比我好太多的人——笑起来有一对酒窝的女孩，模特身材的姑娘，勇敢蹦极的年轻人，八面玲珑的社交达人……

我因此陷入了迷茫，甚至有一点抑郁，因为没办法和自己和解，我讨厌这个不够完美的人，我不够爱她，更疏于去了解她。我没有意识到，我的酒窝长歪，眼神却是正直的；我的腿型难看，身体却是健康的；我恐惧高度，可是我对其他事情还抱有兴趣；我很害怕热闹，但我也赋予孤独足够的意义。我有很多缺陷，可这些缺陷无害，也是我独一无二的标签。

和 20 岁的自己相比，现在的我更可爱一些。那些爱上隐藏了缺点的我的人，早已经离开。我用几年的时间和自己和解，过程异常辛苦，却终于发现，最珍贵、最长久的情感，或者最快乐、最自由的生活，它们的根基，是一个懂得爱自己、包容自己、不会刁难自己的人。

常有年轻读者说“自己不够可爱”，见了面才知道他们是那么可爱。你可能有缺点，但你是那样特别，有性格，不乏味，让我在会面的数月后还能够记起，那是一个拥有生命力的人。

从 20 岁到 28 岁，坦率地说，我更爱现在的自己。我可以毫无忌惮地笑，可以在夏天穿裙子，可以坦荡地告诉别人“我不敢站在电梯的外侧”，也可以心安理得地表达“与热闹相比，我还是喜欢孤独多一点”。我变得有点“无所谓”，你喜不喜欢我都没关系，重要的是我爱自己，我爱这个有点笨、有点天真、有点不完美的姑娘。

我更加坚定，这个不完美的自己，之所以这么珍贵，是因为任何人都无法替代。

黑板张挂在我的耳朵里

嵇绍波

那年 8 月，树上的鸣蝉刚扯开嗓子叫，我就骑着自行车，匆匆赶到 30 里外的县城高中上学。升入高三，即将面临高考，学校通知我们提前到校学习高三的内容。

坐在蒸腾着热浪的教室里，虽然大家衣衫潮湿，但是依然聚精会神，目光紧盯着黑板，不敢有片刻游移。大家心中都蓬勃生长着一个瑰丽的大学梦。

那时，考大学如千军万马过独木桥。我所就读的学校，三个班 200 多人，能通过预选的人不超过一半，最后考上大学的也就几十个人。父亲曾郑重地跟我说过，考不上大学没什么可耻的，可以跟人解释是临场发挥不好；可要是高中读了三年，连高考试卷都没有资格摸到，那脸就没有地方搁了。同学们大多都抱着和我同样的想法，心中的目标是最起码要通过预选，因此明知道考不上大学，也不敢有丝毫懈怠。

经过一天的学习，我们也累了，站在阳台上吹了一阵热烘烘的晚风，陆续回到宿舍用冷水冲一下身子，倒头就睡了。宿舍里没有空调也没有风扇，像个热气腾腾的蒸笼，似乎要榨干我们身上的水分；蚊子也不甘落后地赶过来，吸我们的血。但是我们在席子上打几个滚儿，就酣然入睡。早晨醒来时浑身湿透，席子也像水煮过一般，有几次我要翻身起来，席子却紧贴着我的肌肤，也要跟着站起来，仿佛被强力胶粘在了身上。

这样热的天，一个宿舍还住着20个人，不可避免地造成了宿舍卫生环境的恶劣，舍内空气十分污浊，很多同学因此染上了红眼病，我也未能幸免。

一切的苦和痛，咬咬牙能挺过去的，于我都不是大问题，唯独生病是我不能面对的，甚至被认为无足轻重的红眼病，对我都有可能是一场灾难。我拿不出买眼药的钱，因为父亲自我读高中那天起，就开始生病了，而且还是每个月都要消耗几百元的肝腹水。对于一个农村家庭来说，医药费就是一个天文数字，若不是亲朋好友的支持，父亲可能早就离开这个世界了。而我能继续读书，只是因为父亲的一个执念——读高中无论多难，就是在地上爬，也要爬完。因此，我用的每一分钱都是父亲从医药费里抠出来的，除了交伙食费，我身无分文。我侥幸地以为，过不了几天，我的红眼病就会不治而愈。

然而红眼病并没有如我想象的那样好转。一个星期后，我突然发现，我再也看不清黑板上的字了。我慌了，但是我不知道该怎么办，家里人的目光全集中在父亲身上，父亲的病已经让他们焦头烂额、无暇旁顾。我唯一能做的，就是在诚惶诚恐中无奈地接受命运的安排。我担心继续发展下去，我的眼睛真的会瞎。幸运的是，红眼病终于不治而愈了。接踵而来的，却是我的眼睛看书时又酸又涩，见光就疼得无法睁开，我再次陷入恐慌。

放假回到家中，看着病入膏肓的父亲和满脸愁容的母亲，我什么也不敢说，只能一个人默默地承受着。再次回到学校，我的眼睛还是没有好转的迹象，坐在教室后排，眼前一片模糊。我曾经动过配一副眼镜的念头，但是一摸口袋，还是无奈地放弃了。书本上的字仿佛也长着芒刺，不能久视。我几乎要放弃读书，但是一想到父亲殷切的目光就又犹豫了。大哥当年高三复读三年都没有考上大学，已经让父亲被村里人笑话，如果我半途而废成为逃兵，父亲就真的再也抬不起头了。

我的成绩直线下滑。为了挽住颓势，我想尽了办法。一次体育课后，我发现眼睛酸疼的症状缓解了一些。于是，每天中午吃过午饭，我就到操场上打一会儿篮球。但老师认为我不抓紧时间午睡，是不求上进。晚上，上晚自习前，我都会绕着操场跑步，同学们认为我不抓紧时间学习，是自暴自弃。异样的目光锁在我的背上，麻麻辣辣的，似乎要灼出一个洞。但是，我顾不了那么多，谁会有时间或心情听我诉说呢。我只是近乎麻木地做着重复的动作，希望眼睛能够在书本上多停留几分钟，努力将眼睛眯起来的时候，能够将黑板上的字看得更清楚一点。

我所付出的一切努力，起到的效果微乎其微。一次摸底考试中，我的成绩跌至班级的倒数几名。导致的直接后果是，我的座位向后一移再移，一直到最后一排。在老师和同学眼中，我成了不求进取的那一类人。我陷入了绝境，黑板上是白茫茫的一片，耳畔环绕着同学的“嗡嗡”低语。我急得浑身冒汗，无奈地趴在了课桌上。但我意外地发现，只要静下心来，就能听清老师说的话。于是我就趴在课桌上，认真聆听，仿佛我的耳朵里张挂着一块小黑板，老师说的每一句话，都能清晰地呈现出来。

记得那个上午第三节的物理课，老师提问，叫了坐在前面的几个同学，都回答不上来。坐在后面的同学却是无所顾忌、骚动不安，老师沉着脸盯着后排。我依然认真地趴着，却听到老师点我的名。教室里立即发出了哄笑——同学们包括我自己都心知肚明，老师这是要为难我，拿我立威，让后面的同学安静。我没有犹豫就站了起来，说出了我的想法。我给出的答案是正确的——班级里排名靠前的几个同学都没能回答出来。教室里一下子安静了，同学们都盯着我看，脸上满是惊愕，仿佛我是一个他们完全陌生的插班生。后面的同学们偷偷朝我竖起大拇指，一直被漠视、讥笑的群体，现在我代表他们，在全班同学和老师面前长了一回脸，拿回了属于我们的尊严。

我的成绩就像熬过冬天的一株小草，虽然没有大树的伟岸婆娑，也没有花朵那样美丽鲜艳，但是也有了自己的一抹青绿。我清楚地知道我的希望是渺茫的，但是我不会放弃，也不敢放弃。每天，我都认真地趴在课桌上，在耳朵里张挂起黑板，心无旁骛地汲取着知识，计算较多的时候仍然有些吃力，但我的成绩还是一点点地提高了。在随后到来的预选考试中，我幸运地拿到了高考入场券，成为全班六十几个人中幸存的二分之一，成为后面几排中硕果仅存的一个。

高考时，我踩着录取线考进了师范院校，成了老师眼中的一个奇迹。去学校转团关系时，老师特地从课堂上跑出来问我，因为全班只考上十多个，而我是最不可能的一个。我指了指自己的耳朵认真地说，在这里，张挂着一块黑板——老师课堂上讲的，我都看得见。

换掉脑海中的配音员

刘　轩

你一定听过麦克风靠近扩音系统的音箱时突然发出的那种尖锐刺耳的噪声吧？这就叫“噪声回路”，原理是这样的：麦克风收进来的声音被扩音系统放大，通过音箱放出来；然后再收进麦克风，又再经过扩音系统扩大……音量很快就会呈指数上升。这时候如果不赶快把麦克风拿开，那个尖锐的噪声可能会使整个音响系统受损。

这种噪声回路，与内心的焦虑类似。

你有没有发现，当自己紧张的时候，越告诉自己不要紧张，反而会越紧张？越用力抗拒越是无法抗拒，压下去又弹回来，于是你更紧张，脑海里只剩下不断循环的负面声音，情绪濒临失控。

这时候，请记住噪声回路的原理，你得先把麦克风拿开。

拿开麦克风的意思，就是要让自己分心。深呼吸，做伸展，从十慢慢倒数到一，每次数数字，想象自己把数字写在一块黑板上，写完一个数字，把它擦掉，再写下一个。或者，你可以做心算：999 乘以 168 是多少？不能用计算器哟！当大脑忙着做算术题的时候，就没空去烦恼了。

拿开麦克风，用行为降低压力后，你就要改变那个负面的声音。回想一下，当我们陷入负面情绪时，脑子里是不是总有个声音在责骂自己？“你这个傻瓜！你怎么这么笨！”你叫他闭嘴，但他绝不轻易放弃，还会骂得更凶：“你一无是处！你一生都是个败局！”

这个脑海里的负面声音是谁的呢？

仔细听一下，这个声音，这个语气，是否像童年听过的某个人的声音呢？

而声音背后的主人，说不定早已离开你的生活，甚至离开这个世界了，但因为他曾经用语言暴力打击了你，给你造成了心理创伤，自此成了伴随你一辈子的负面配音员。

你可以试着换掉配音员：想象一个生命中最仁慈、最温暖的人，一个最疼爱你、无条件接受你的人。很多人会想起自己的祖母，或某位恩师、某个知心朋友。

想象你和最喜欢的这个人处在同一个空间里，他对你温暖地微笑。你可以向他诉苦，说出你心里的委屈。想象一下这个人用温暖的声音安慰着你，他说：“你是好的，你的心是善良的，你的个性是坚强的，你已经尽力了，这不是你的错。”

你也许想哭，没事的，请放心哭出来。这是负能量的释放，把它释放出来，不要让它萦绕在心里，你才可以痊愈。

这种“自我疼惜”是很重要的疗愈技巧。这不是逃避现实，而是在调整你大脑的情绪系统，通过想象力把自己安置在一个安全的地方，把原本刻薄的负面声音，换成仁慈、温暖、包容你的声音。根据心理学家克里斯汀·奈夫的研究，在面对挫折、不安、痛苦时，用仁慈的态度取代批判，这种“自我疼惜”的沟通方式对身心状态有良好的调适作用。

心理学家伊桑·克罗斯的研究更是进一步发现，选择用第一、第二或第三人称与自己对话，也会影响我们的心情。用第一人称（例如：“我一定要完成这个挑战！”）的时候，人比较容易情绪化；而用第二人称加上自己的名字（“刘轩，你一定要完成这个挑战！”）时，反而能够让内心的自我与情绪保持距离感，进而帮助自己冷静思考。

所以，当我们用第一人称跟自己讲悲惨的故事时，如果能转换这个自我对话的声音来源和称呼自己的方法，许多感觉也会跟着变得不一样。多使用自己的名字，让自己化身为一个宽容、有力量的教练，用你最爱的声音对自己说：“刘轩，你可以做到的！你可以坚持下去的，轩！”（换用自己的名字）让这个声音安慰你、给你力量。

如果造成你焦虑的原因，是在生活中徘徊不定、拿不定主意的话，我给你另一个建议，记住“登山原则”：当你在深山里，天色开始变黑时，你不能犹豫，也不能乱冲，必须一边走一边想办法，因为天色并不会停下来等你。

面对生活中的问题也是一样。你必须一边想一边行动，才会有新的领悟，若你一直不做决定，大脑只能一直在假想之间空转，那是很费神的。人的焦虑，往往源于只有想法而无行动。

曾有人统计，当人回顾之前曾经担忧过的事情，平均有 85% 的事情的最终结果是“中立”或“正面”的，也就是说当我们担心时，有 80% 的概率是结果不会那么坏。所以，如果你花太多心思在担忧或犹豫不决上，基本上是不符合时间效应的。你很可能会发现，一旦行动起来，不但焦虑减少了，而且活力也来了。这时候，生命自然就会为你找到出路。

成为敢于幻想的人

淳　君

无论是谁，都有自己崇拜的、想成为的人。然而，人越长大越容易否定自己，认为“我根本不可能成为那么了不起的人”。其实，真正的人生是从幻想开始的。

早在刚刚成立乐队时，我就暗暗发誓：有一天，我要成为专业的音乐人。当时我并不确定乐队的其他成员对这个目标到底有多坚定，但至少我心里有一种莫名的自信。

距离乐队出道的两年前，我曾幻想在大阪厚生年金会馆中号大厅演出。一旦这个幻想成形，我坐不住了，觉得非要实现它才行。我急忙向乐队其他成员提议，但他们根本没有认真考虑我的提议。

那是一个可容纳 1000 多人的大厅，而当时我们的粉丝只有不到 100 人。确实，如果冷静下来想想，他们的想法才是对的吧。但要连那点规模的大厅都坐不满，我们出道的梦想到什么时候才能实现呢？于是我披露了自己实现幻想的计划——每天增加一个粉丝——将实现幻想的步骤进行具体分解。

这个方案具体来说就是要让我们乐队的粉丝在一年之后达到上千人。为了这个目标，我们必须提前半年在某个场馆举行演唱会，并保证到场观众有 600 人左右，在这场演唱会的 3 个月前，我们要在某个小型演出场所进行现场演出，并保证有 300 名粉丝到场；这么算来，距离现在最近的一场一个月后的演出，我们至少要动员 100 名粉丝到场。

我们这个团队有 5 个人，所以要使粉丝在一个月后达到 100 人，每人至少需要再增加 20 名粉丝。而要在一个月内完成这个目标，每人每天只需发展一名就够了。也就是说，我们只要每天增加一名粉丝，一年后，我们就可以在上千名粉丝面前开演唱会了。

这还不简单吗？我们可以在商业街和车站前发传单，也可以请咖啡店帮我们张贴海报，还可以请朋友介绍他们的朋友。只要我们细分达成目标的步骤，就会发现，乍一看漫无边际的幻想只不过是“每天发传单”这种谁都能做的简单工作。

最终，由于我们不能预约到厚生年金会馆的中号大厅，所以就在另一个场馆开了演唱会。那也是一个能容纳 1000 人左右的场馆。虽然这与我们最初的幻想有点出入，但也实现了 90%！

如果当年我没有突发幻想，没有坚持将幻想变为现实并付诸行动，那么现在的我肯定经历着完全不同的人生。

沉默的多数派

吴梦莉

高三那年，班上转来一个复读生，成绩很好，但性格孤僻，沉默不语时，仿佛冬天的一场坏天气。慢慢地，班上便有了他是乙肝患者的传言，有人扔了他的水杯和饭盒，而其他人则冷漠地躲避着，好像在躲避某种病毒。

可是，少年的神色总是镇静的，我从未在任何一个同龄人脸上看到过这副神色，近似一种目空一切的傲慢。他主动将课桌搬到教室后门的角落，一个人熬过了200多个日夜，直到拿到警校的录取通知书后，才昂首挺胸地从教室前门走进来，当着所有人的面，从教室的饮水机里接了一杯水，然后一饮而尽——近一年来，他被禁止从教室的饮水机里接水。

这个场景长久地留在我的脑海里，光线像刀子一般倒插进瞳孔。我记得少年苍白的脸色，记得他的背影像一张纸，慢慢地被雨雾浸透，慢慢地塌下来，最后爆发出一场委屈的号哭：公安专业在招生时需要看体检报告，他没有得病。

多可笑啊！没有人看过他的体检报告，可所有人都那样笃定地认为少年有传染病，并心安理得地排挤他，直到事实扇了自己一记耳光，才开始仓皇地辩解，说自己并不知道实情，自己从来没有说过他的任何坏话……

嗯，大部分人都是沉默的，但是，沉默也是一种恶。

在这场“霸凌”中，最可怕的并不是造谣的少数人，而是不假思索地去附和的大众，是自以为公正却没脑子的我们。

小时候，老师总告诉我们，少数服从多数，却忘了说明，多数人是不说话的，他们的口舌只是扩大声音的喇叭。

在写这篇文章的时候，我忽然想起了一件小事。

大学毕业前一天，班级聚餐，直到夜半时分，才昏昏沉沉地散了宴席，我打算回宿舍好好睡一觉。就在这时，一个男生忽然提议，让我们所有人痛哭一场，来纪念这场离别。起初，这个荒谬的提议遭到了大部分人的反对，然而，等男生关掉几盏灯，并在煽情的音乐下读了一些伤感的句子后，悲伤慢慢地充盈起来：有人掩面而泣，有人抱头痛哭，哭不出来的人也开始捂着脸做出呜咽的姿态……光线幽微，我坐在角落，忽然想起 17 岁那年，那个少年号啕大哭的场景。

很久以后，我才知道这种行为在心理学上被解释为“刻奇”，即有意识地模仿他人的行为，以融入其中，用更通俗的话来说，叫作“媚俗”。

我们的社会已经“刻奇”太久了。

每个人都可以发言，同样地，每个人都可能被骗，终至满盘皆输。我们并不擅长这种推理游戏，只能笨拙地附和他人的发言。然而，等到大部分人都采取这种做法后，舆论就变成了一场赌博：输赢全凭运气，就看当时谁说得更动听——不动脑子的发言总是简单的，而大部分人只是在寻找情绪的宣泄口，我们不需要真相。

在网上舆论沸腾的时候，许多事便成了一场大型的“刻奇秀”，而我们争抢着发表雷同的评论，试图用俏皮话或者辱骂声杀出一片天地，唯独忘了言为心声。试问我们的心里真的还有声音吗？我遂停下了对外界的信息摄入，不再看五花八门的杂志，不再听絮絮叨叨的广播，不再关注博人眼球的报道，谨言慎行，修身养性。

在夜里翻读《红楼梦》时，时常听见小区的狗吠声，起起伏伏，绵延不绝。其实它们也不知道自己为什么而叫，只是在附和身边的同伴。它们是沉默的。

我却不想继续沉默下去了。

你以为的不完美，正是完美

丛非从

我经常在课上讲述我的抑郁史。别人会诧异：啊，你也会自卑、会抑郁啊！有人问我：“你是一个心理咨询师，也会发火吗？”我说：“一般不会发火，但是我发起火来很不一般。”

好像我是个心理咨询师就应该像一尊神。心理学的目的不是让人成为神，而是让想成为神的人愿意成为人。学了心理学，我的人格没有太大的改变，想愤怒时还是会愤怒，该抑郁时还是会抑郁，不同的是，态度变了。

我可以大大方方地骂人、抑郁，我不再排斥它们，不再跟自己对抗了。我还挺喜欢这样的自己，可以大胆表现。现在我的生活更轻松、快乐更单纯了。

你以为的不完美，正是你完美的体现。我们身上所有存在的特质，都恰好构成了自己的独一无二。

比如说愤怒。适度的愤怒是与人连接的有效途径。我又跟一个朋友吵架了。她说：“你以前说‘对不起’时，我觉得很疏远。现在你骂我时，我反而觉得很开心。”我跟她讨论：说“对不起”是一种客气，潜意识里是想跟你划清界限；而发火是我对你有期待，是我想走近你。

比如说抑郁。我喜欢自己的抑郁。抑郁让人对感受更加敏感，更能倾听自己，更能安抚自己。如果我不抑郁了，我就很容易离开自己，去忙碌外在的事情。抑郁却会说：“来吧，看看你自己。”

比如说内向。我喜欢自己的内向。外向的人多在忙着交际和销售，内向的人都忙着思考和写作。我如果是个交际达人，能安静地坐下来写作吗？如果内向却不喜欢写作，你还可以搞科研、玩艺术……何愁无用武之地？

比如说自理能力差。我以前特别羡慕一个同学，他整天把生活收拾得井井有条，但直到他说“我现在有点密集恐惧”，我就释然了。他的密集恐惧是压力过大导致的。一个非要把生活过得精致干净的人，得费多大的心力啊。

比如说哭。感到压抑，男生也会哭啊！没有能力哭的男人不可怕吗？一个压抑着委屈、脆弱的男人，要么会自闭抽离，要么会反向形成控制欲和强势。当然这里要有个度。健康的人格是灵活的，让你能够通过判断现实情境来适度地发挥自己，而不是不顾情景地无限纵容或者发泄。比如说我不建议你在别人奄奄一息时还要愤怒，在自己就要绝望放弃时还要抑郁，在结婚喜宴上悲伤哭泣……我们所有的存在，都是一种资源，也都是一种伤害。你愿意关注哪一面，你就会使用哪一面。

愤怒虽有伤害，但有连接；自责虽有痛苦，但有动力；内向虽有创造力，但失去了一定的交际能力；好脾气看起来很好，却让人无法走近；邋遢虽节省了体力，但看起来让人难受。你看，所有你身上存在的特质，都有积极的一面，它们都是你最宝贵的资源。为你的不完美庆祝吧！

秘密的青春王国

蒋　勋

大观园里，薛宝钗大概 13 岁半，比贾宝玉大一点点，贾宝玉 13 岁，林黛玉 12 岁，史湘云也是 12 岁左右。更小的是惜春，小说开始时她只有八九岁。就是这样一群小男孩、小女孩住在大观园里。所以我觉得，大观园是一个青春王国。

在传统的封建社会里，人是没有“青春”可言的。古代的中国人不像西方人那样有一个叫作“青春”的东西，比如希腊文化一开始就歌颂“青春”。我们小时候读的唐诗宋词，被大人逼着背诵的《古文观止》和《朱子治家格言》，都充满了中年以后的沧桑感，“沧桑”不是“青春”。

什么是“青春”？青春是不知天高地厚的，它有一种浪漫，生命刚刚发育，生理起了变化，对生死爱恨懵懵懂懂，充满梦幻、忧伤、不确定，充满性的欲望和爱的渴望，也开始尝到人生的失落与幻灭之苦。

这个年龄是应该读《罗密欧与朱丽叶》，应该读《牡丹亭》的。

可是大人觉得应该读《三国演义》，不可以读《红楼梦》。《三国演义》写的全是搞政治的权谋，十二三岁就读这样的东西，会造就什么样的人生？

《西游记》是好读的，《西游记》里面有很多超现实、好玩的东西。《水浒传》呢，读了之后你最崇拜的大概就是混帮派的黑道。每一本小说都有它的偶像性，青少年男孩读了《水浒传》，他心目中的偶像就是喝醉了酒可以把柳树连根拔起、醉打山门的鲁智深，或者是夜奔梁山的林冲，都是帮派大哥的角色。

《三国演义》《西游记》和《水浒传》都好，但是缺少一个东西，就是《红楼梦》的“青春之歌”。对于刚刚发育、生理上正在变化、对性别刚有认识的青春时代，我们的文化传统始终没有深刻了解过、包容过、鼓励过。

读过《红楼梦》的人都会记得，有一次贾宝玉躲在花树下读《西厢记》。林黛玉来了，就吓唬贾宝玉说要去跟舅舅（贾宝玉的爸爸贾政）讲，看不把宝玉打死。《西厢记》是他们那个时代的“禁书”。明明是禁书，家里却有，青少年就偷着看。《西厢记》里张生为了恋爱翻墙去私会情人，正是“青春”对“禁忌”的叛逆。

年轻人的青春王国里，对情欲和性已经开始懂了。就像今天，小孩子在网络世界看了什么东西，父母和老师都不知道。这其实就是刚才提到的《红楼梦》里面私密的青春，它是非常迷人的。

我们很少看到传统文学作品中有对青春的描述。青少年的爱恨纠缠，包括性，《红楼梦》里都写得这么真实。《红楼梦》第五回，可以看到对贾宝玉的第一次性体验的描绘。我有一个很大的愿望，希望《红楼梦》能在年轻人的世界里重新活过来。

纵然流泪，也是因为喜悦

凉月满天

一个天才少年，却在高考前夕罢考，不肯迈出房门，喃喃自语，在房间里大喊大叫，疑神疑鬼，胡言乱语，吓得他父母心惊胆战。

父亲把他带到心理分析师那里就离开了，少年和心理分析师面面相觑。

少年居然开始对心理分析师做分析："你的性格看上去外向，实际是内敛。"他拿起手边一本书接着说："你看，你读书的时候乱折页角，但是你的书里很干净，不在书里乱画重点或者批注什么东西……"

——少年分析的和评判的，都特别有道理。

心理分析师也不客气，猛戳少年的心窝子："你进房间第一眼注意到的是书，说明你很爱读书；仅凭一本书就能推测出我的个性，说明你很聪明。但是，你的聪明只是小聪明，因为你不知道真正的生活是什么样子。你说的见到的鬼呀、怪呀什么的，都是扯谎，什么长头发女鬼穿着白衣服、吐着长舌头之类的，一点儿创意也没有，一看就是从一些小破书上看来的。你看了许多书，你知道字面上的‘亲情’‘友情’‘爱情’是什么意思，知道字面上的‘绝望’‘恐怖’‘无奈’是什么意思，但是你并没有真正经历——你没有真正的生活。”

少年愣住了。在此后一个多小时的时间里，两个人相对沉默，直到少年的父亲来接走他。

第二天，第三天……每一天，少年都如期而至，沉默地和心理分析师对坐几个小时。终于有一天，少年一来就迫不及待地推开门，想和心理分析师交流。

心理分析师说：“你对你的父母不满，对不对？”

少年一愣：“你怎么知道？”

“你的父母因为你现在的状况快急疯了，可是你一点儿都不觉得愧疚，反而还很开心。以前你那么优秀，他们为你骄傲，老师也为你骄傲，但你都没有这时候开心。”

“是的，”少年说，“我老是被老师动员着，被爸爸妈妈鼓励着，参加各种各样的竞赛。他们根本不问我愿不愿意，就替我做了决定。我不去，爸爸妈妈就不停叨唠，这是学校对我的期望，这是为爸爸妈妈争光。”

于是，少年都记不清从小到大，自己背了多少不感兴趣的东西、解了多少不感兴趣的习题。同学们都羡慕他，也都疏远他。放学后，别人都成群搭伙地玩，只有他一个人留在老师的办公室，做着解不完的习题。他更想和小伙伴一起到田野里去玩，到运动场上去玩。可是不行，父母和老师都不允许。他们不让他看闲书，不让他玩篮球、足球、乒乓球，什么都不让，整天只是让他学习，学习，再学习。他们不停地跟他说：“你前途无量，你是天才。”却没有人愿意了解天才喜欢什么东西，做天才是什么感觉。

少年泣不成声：“我真的不想当天才，我想要我自己的生活，想过我喜欢过的日子。”他努力忍耐，但最后还是号啕大哭，声嘶力竭：“他们剪掉我的翅膀，却又要我拼命地飞！”

他哭得撕心裂肺。长久以来，他都被当成一个小天才。如今，他是一个普通的小孩。这个故事让人心痛。

做自己想做的自己，还是做别人愿意看到的自己，是一个永恒的难题。我们皆是普通人，既难以明了自己的心意，又容易被掌声和鲜花淹没真正的自己。孩子纯真之心未失，容易看清自己，尚且被一些看上去美好的期待蛮横地“欺压”成了这个样子；更何况壮盛之年的人，既有野心，又有诱惑，于是把真正的自己当成故事里的小孩，强拧着他走上不想走的路、过起不想过的日子，最终不是崩溃，就是任他在黑暗里哭泣，痛彻心扉。

有一句话：“悟道之前，砍柴挑水；悟道之后，砍柴挑水。”悟道之前，砍柴挑水，或许抱怨活儿脏活儿累，或许期望凭着砍柴挑水能得道升天；悟道之后，砍柴挑水就是砍柴挑水，是自己喜欢的生活方式。自己选的，活儿再脏再累也不会嫌弃，只想要此时此刻开开心心地砍柴挑水。

这大约是最人性化的方式：过自己喜欢过的生活，做最喜欢做的自己。哪怕普普通通，哪怕砍柴挑水——会流汗，不会流泪，纵然流泪，也是因为喜悦。

越伤心，越勇敢

尹清婉

不知你注意过没有，电影或者电视剧中经常会出现这样的镜头：在一场恶战中，男主角被打得奄奄一息，眼看就要输了，可是看到心爱的女人受伤后，他们在伤心之余，又会变得异常勇敢。这时，他们往往会不顾一切，拼上性命来力挽狂澜。

而且，在现实生活中，你同样会看到这种现象。例如，一个平日省吃俭用的人，在失去一切之时，往往不再害怕失去，反而一改常态，做出一掷千金的行为。

是什么帮他们逃出了伤心的漩涡，赐予他们无所不敢的力量呢？是一种相对原始的心理防御机制，即否定一切。

心理学家发现，人在心情糟糕或者面临困境时，经常会通过否认不利于自己的一切，来达到保护自己的目的。并且，面临的情况越糟糕，越让人伤心，一个人就越容易这样做。这种解释不难理解。当排除了眼前面临的困难和痛苦后，前进的障碍便不再存在，所以，他或她会变得更加勇敢。而这就是所谓的“物极必反”了。

否定一切的保护机制可以带给人一种虚幻的全能感，解除一个人的压力，带给人瞬间的愉悦感。对身体来说，这种状态是积极的、有益的。所以，它在演化中被保留了下来。但是，这种机制也有一定的弊端。

过度否定危险和自身存在的不足，可能会使情况变得更加糟糕。虽然电视剧里的男主角们拼了命大都能换来一个大圆满的结局，但在现实生活中可能未必如此。事实上，问题能不能得到解决，终究要靠实力。否认虽能带来全能感，但那毕竟只是存在于幻想中的东西。

因此，为了真正的成功，我们不能光依赖一时的“全能感”。显然，靠自己的实力要更加靠谱些。

再坚持一会儿

张成磊

记得读初一的时候，学校组织了一次冬季长跑比赛。比赛的规则别出心裁：比赛的起点是在学校，终点在哪里却没有说明。校长只是说，终点有李老师在等候着，看到了李老师也就是完成了比赛，而且只要跑到终点的同学都会有奖。

我平时和柱子能蹦能跳，班主任一直说我俩很有运动天分，所以这次长跑自然少不了我俩。班主任带着全班人在旁边给我俩鼓劲，我和柱子拉了拉手，满怀信心互相鼓励，一定要拿个好名次。

比赛开始了，大家争先恐后地撒腿朝前跑。我和柱子自然不甘示弱，“嗷嗷”叫着以箭一般的速度朝前跑去，很快就将参赛的其他同学甩在身后。路旁观战的老师和同学被我俩的气势激起了情绪，纷纷大喊着为我俩加油。跑道因地制宜，就是山脚下的山路，围着大山呈弧形一直朝前延伸。刚开始我和柱子很轻松，一直跑在前面。半个小时后，我已经浑身出汗，厚重的衣服黏在身上，很不好受。我就招呼柱子：“我跑不动了，要不咱俩歇一歇？”柱子斜了我一眼，说：“赛跑还有歇歇的？刚开始的信心哪儿去了？”我只好跟着柱子继续向前跑。柱子为了不落下我，也放慢了脚步。经过这么一放松，被一个胖同学后来居上赶超了过去。那个胖同学只穿着一件薄衣，手里拿着一瓶水，一边跑一边喝上几口。看到他喝水，我这才觉得口干舌燥，嗓子冒烟。出发前我和柱子竟然没准备瓶装水！我一边跑一边注意道旁，希望能够发现一处山泉来解渴。跑没多远，山泉是发现了几处，可由于是在冬季，它们都已经风干了，只见水的痕迹不见水的踪影。再跑了一会儿，胖同学竟然跑过山脚，不见了。

我看看身后，后面的那些同学也跑不动了，有的已经停了下来。我心脏跳得厉害，大口大口地喘气，弯下腰对柱子说：“你愿跑就自己跑吧，我是跑不动了。”柱子说：“再坚持一会儿，你看看那胖同学都跑没影了。”那胖子平时深藏不露，没想到关键时候还真能跑！我对柱子说：“这次我就暂且让着那胖子，待下一次比赛我一定胜过他！”柱子说：“这次都跑不好，还说什么下一次！不要停下，坚持到底就是胜利！再跑一会儿，终点就在前面！”

我摆摆手，说：“真不跑了，再跑也拿不到第一了。”柱子说：“那也得跑到终点啊，咱们班里的人可是等着咱拿好名次的！”看山路转过山脚，我不知道还得跑多长的路才能到达终点。我决定弃权，在路旁的石头上坐下来，对柱子说：“你接着跑吧。”柱子无奈地朝前跑去。

那次比赛，柱子拿下了第一名。原来拐过山脚不远就是终点。柱子拐过山脚的时候，发现胖同学也正坐在路旁歇息。胖同学是为了奖品才不惜衣衫单薄努力往前跑的，跑到这里已是强弩之末。见柱子猛然杀出，吃了一惊，反应过来时，柱子已经跑到了他的前面，而且越跑越快，第一个接过了候在终点的李老师手里的锦旗。

脚下的路，没人替你去跑；心中的梦，没人替你完成。人生就是一个不断坚持、不断奔跑的过程，再坚持一下，就会到达终点。只要坚持，就一定能拼出自己的精彩。

我的班主任和打小抄的同桌

程　玮

我上初中的时候有一个同桌，她不仅人长得漂亮，还很能干。她家离我家不远。有时候，我到她家叫她一起去上学，经常会碰到她在厨房里洗碗。她有一个大家庭，哥哥姐姐很多，每次吃饭都有一大摞碗。不知道为什么总是她洗碗。可她毫无怨言，总是笑眯眯地站在那里，跟我说着话，灵巧的手上下翻飞，一大摞碗一会儿就洗得干干净净。她长得漂亮，再加上为人和气，大家都愿意和她做朋友。

可是，她有一个弱点，就是学习不好。不是某一门不好，而是每一门都不好，而且是很不好。这件事让老师和同学们都很纳闷，因为她看起来很聪明，上课的时候从不开小差，也很少缺课。她坐在那里，不了解情况的人都会一眼认定她是一名品学兼优的好学生。

考试的时候，她会偷看我的考卷。我知道她在偷看我的考卷，就悄悄地把胳膊挪开，为她提供方便。她从来没有为此感谢过我，我也从未提起过这件事。我们之间心照不宣，就好像什么都没有发生过。

有一次，她惹恼了我。具体事情我已经记不清了，或许是因为她有了一条漂亮的新裙子，或许是因为她跟别的女生特别亲密了。总之，我很生气。我不再约她一起上学，也不再跟她说话。恰好碰上英语小测验，明知她要偷看我的考卷，我偏偏用胳膊把考卷挡得严严实实，让她一个字也看不见。

那一次她考砸了。但是她也没有说什么，很平静，对我不怨不怒，也不理不睬。我一直等着她来跟我说好话，可她没有。

我很失望，也觉得有点下不了台。在以后的一段时间里，碰到大考小考，我总是把自己的考卷挡得严严实实的。

可她还是不说什么。她的考试成绩也没有我想象的那么一塌糊涂。这种突如其来的进步，让我觉得有点奇怪。

我们那时候是每个星期换一次座位，不换同桌，只是整排座位交换。比如说，从窗口一排换到中间一排，从教室的左边一排换到教室的右边一排。据说这么做是为了避免学生长时间在同一个角度看黑板而影响视力。而我们每次换座位的时候，她都坚持要把自己的课桌也带着一起换，这件事让我觉得很奇怪。终于有一天，我发现了她的秘密。

她的桌面上抄了密密麻麻的代数、化学和物理公式，还有那些英语不规则动词的变化方式。原来，她就是用这种方式来对付我对她的封锁和屏蔽的。

我非常生气，觉得她太卑鄙、太狡猾了。现在想起来，或许我还有点恼羞成怒，因为她不动声色地想出了一个不求我的办法。

于是，我把这件事情告诉了班主任。

我们的班主任是一位女老师，教我们英语。我是她最得意的一名学生，她很喜欢我。班主任很安静地听我说完后，并没有生气，只是淡淡地说了一句："我会去核实一下的。"

我很焦躁地等着，并相信班主任核实完以后，会在班里点名或者不点名地批评她，因为这样的作弊方式实在是太不光彩了。

可是，班主任什么也没说。几天以后，班主任让我到她的办公室去一下。

我去了班主任的办公室，她正在批改作业。她让我等了一会儿，然后放下手中的笔对我说："我已经看了那位同学的课桌，这样的作弊实在是有点过分。"

我期待地看着班主任。

班主任停顿了一下，说："可是，我想来想去，还是不打算批评她。"

我问："为什么？"

班主任说："她其实是一名很努力的学生，上课认真听讲，从不拖欠家庭作业。可是，每个人的学习能力不一样，她也许就不是学习的这块料。而且，她家也没有把学习这件事看得很重，她的兄弟姐妹学习也都不好。只是她偏偏爱面子，所以就这样做了。如果我批评了她，那就太伤她的自尊心了。我做不出来。"

我也停顿了一会儿，鼓起勇气说："可是，作弊是不对的！"

班主任说："我知道。所以我让你来，是想告诉你，在这个世界上，很多事情没有那么黑白分明的标准，不能简单地用对和错来衡量。我批评她，当然是对的。可她已经是那么大的一个女孩子了，站在我面前跟我一样高。我伤害了这样一个女孩子的自尊，也许就会影响她的一生。如果这样的话，我就错了。你能理解吗？"

我沉默了一会儿。

班主任也沉默了一会儿，然后对我说："就当什么也没发生。我会处理的，好吗？"

第二天早上到学校之后，我发现同桌的课桌换了一张，上面干干净净的，什么也没有。

我看看我的同桌，她看看我，我们什么也没说，只是互相交换了一下目光。后来，老师把我们分开了，我们不再是同桌了。再后来，我们的生活轨道越走越远，彼此也没有联系了，只是听说她有一个幸福的家庭，是一个幸福的妻子和母亲。对这一点我深信不疑。

随着年龄的增长，我越来越明白，我们那时的班主任虽然很年轻，但她是一位优秀的教师，细腻、温和，充满人性。

其实，世界上很多事情确实没有对和错，只有设身处地的同情、理解和体贴。

青春密码

张小失

那年他 14 岁。为了不让父母偷看他的日记，他萌生了改造汉字的念头，并且他做到了。

他先是将最常见的几十个汉字偏旁部首转换成其他符号，例如，“张”——“弓”用“G”代替，“长”用“2”代替，那么，“张”就变成了“G2”。他很激动，因为将一篇短文改造成自己的文字后，他看见了崭新的风景。这道风景相当于今天用电脑密码生成的一篇文章，估计没有任何人能看懂。所以，这个少年获得了前所未有的安全感。

这个少年就是我。当年的那些符号有英文、日文、韩文、俄文字母，还有阿拉伯数字和我自造的符号，总数达 180 余种。这项浩大的工程花了我一个暑假的时间。180 余种符号的出现，其实是我的无奈之举。它们绝不是一朝一夕就可以记住的，为了熟练运用这些符号，我每天要用两个小时写日记、阅读以前的日记。长此以往，我的写作能力竟意外地取得了进步。

开学后的第一天，我回到熟悉的校园，看见老同学，真的很想炫耀一下，但是我忍住了，我想听见他们的惊叫声。晚自习时，我将日记本光明正大地摆在课桌上，然后假装出去散步。回来时，果然看见几个同学围在那里叽叽喳喳、指手画脚。那样一篇篇的“密码文”，让他们欣喜、惊奇。我很得意，因为他们被我的“发明”征服了。

很快，我的“发明”传遍了全班。那段时间，不时有同学前来参观我的日记本。最后，连老师也知道了。看了我的“密码文”后，他很不高兴，在一次班会上不点名地严厉批评道：“有的同学，不务正业，将伟大的汉字当作儿戏，太不像话了！”那时，全班同学的目光都转向我，我羞愧极了，只想找个地洞钻进去。同时，我也对老师产生了敌意，将他的名字用我的符号写成“NC6JJ54T”，然后用红笔在上面画了一个大大的红叉。

10年过去了，我发现，我的日记中已经好多年都没有“密码”了。难道我没有隐私了吗？不是的。真正的隐私全被我藏在内心深处了，现在的日记则成为流水账，记述的都是平淡无奇的时光。而少年时代的隐私在今天看来，简直就是一幅幅纯洁的青春速写。是的，在我的内心真正充斥着“密码”的时候，我的日记中反而没有“密码”了。

那个总考第一的孩子，后来怎么样了

张红岩

我是总考第一的那类孩子的妈妈，有个被人称作学霸的女儿。总考第一的孩子，压力真的很大。因为对于他们来说，名次上从来没有进步一说，只有原地踏步和退步。

所以，每次考了第一，女儿总会故作轻松地对我说："老妈，下次未必是我了啊。"女儿能这么想，我就放心了，因为我也这么想。那么多孩子，每个都值得拿第一，女儿只是其中之一。

女儿在初三之前，其实一直是年级第二。第一是班里的另一个女孩。这个女孩很刻苦，从来不会在每晚12点之前上床睡觉。大多数家长是不支持孩子这样做的，没有足够的时间休息，体力和脑力都会不够用。我觉得女儿能保持第二的心态，无疑是最好的心态，高高兴兴"二"到底，已经是很好的状态。

初三第二学期，模拟考试开始了，对于择校来说，模考成绩很重要。第一次模考，女儿破天荒得了第一，她很惊喜。而那个总考第一的女孩当场痛哭。女儿说："她哭得很可怜，我都有些内疚了。"

女儿很不解，自己只是偶尔得了第一，而那个女孩偶尔考第二，就哭得那么惨，还让别的同学活吗？更让大家没想到的是，那个女孩擦干眼泪后，径直走到女儿课桌前，当着全班同学的面对女儿说："大乐子，我恨你！"

"她怎么会这样呢？"女儿说。女儿不解，我也很诧异。对于学生，成绩固然要重视，但这种重视的方式未免过于沉重了吧。

我有一种直觉，这个孩子可能要永远失去第一了，在别人全力以赴轻装冲刺的关头，她自己元气大伤。每个人都有两个强大的对手：一个是别人，另一个是自己。如果把所有比自己强的人都当成敌人，那么你已经输给了自己。在对待名次这个问题上，这个女孩显然不如女儿处理得妥当。

一次下雨，女儿放学回来，被淋成了落汤鸡。我说："你不是拿雨披了吗？"女儿说："我借给别人了。"后来我才知道，这个别人就是"恨"女儿的那个女孩。我故意问女儿："可是，她恨你啊，你干吗借给她？"女儿说："她已经不恨我了，她说她只是无法停止对我的嫉妒。"

这年中考，女儿考取了县状元，现在在一所全国有名的中学读高一。那里遍地都是学霸，女儿常说："老妈呀，我觉得我们班同学都是神话！我们班同学的字体都是印刷体！我们班同学都过目不忘！"

第一次学校组织大型考试时，她打回电话："老妈，你希望我进多少名啊？"我说："考进前 4000 名就行。"女儿所在的高一年级大概有 4000 人。女儿说："妈妈，你心真大，我爱你，我会做最好的自己。"

做最好的自己！即便我超不过别人，我也可以超越自己。这样的意愿，比单纯地超越别人更有意义。

在和家长的交流过程中，我发现许多人拿高分低能说事。我觉得，在考取大学之前，你必须尊重分数。目前并没有一个更有效且公平成熟的准则，来对学生的能力高低进行量化和鉴定，高考是学生进入高校的必经之路，无论你说你多么有能力都没用，请刷你的高考余额，余额不足，此门不开。

在高考存在的时候，说成绩的坏话，事情只能变坏。在应该努力的时候，去焦虑未来也是没有用的，把握不了眼下，未来你又能如何呢？

不久前，堂哥开着新买的宝马车拉着我和大伯去办事。他示意我看路边一个摆水果摊的男人，说：“他是我上小学时的班长，我们班的第一名，当年老师拿他压我，说我胃部以上的器官都白长了……”大伯训斥他道：“老师说错了吗？起码人家还能让你认出来，你看看你现在的样子，脖子粗、肚子大，人家认得你是谁啊？”堂哥悻悻地说：“我就是没考过第一，但有那么糗吗？”

或许，只有从来没考过第一的人，才会对第一念念不忘。如果考第一的人将来也就那样，或者还不如自己，那当年考第一也没啥好神气的。说到底，还是自己没有摆脱当年不曾考过第一的失落。

那个总考第一的孩子，后来怎么样了？后来的生活会有许多事，还会像分数一样有可比性吗？无论事业还是感情，我们都可能面临成功，也可能遭遇失败：成功时，不必试图从别人的失败里寻找荣耀；失败时，不必因为别人的成功而伤害自己。好和坏，别人都替不了。

你努力了，你做到了，或者没做到，都是你自己的人生，有些比较没有必要。

那个总考第一的孩子，和不曾考过第一的我们，后来都一样长大了，再也回不去争第一的那段学生时光，未来的路，我们是自己的唯一。

经营好未来的唯一，比成绩上的第一更加重要。